エリート自衛官に溺愛されてる…らしいです？

～もしかして、これって恋ですか？～

にしのムラサキ

Murasaki Nishino

Eternity

EB

エタニティ文庫

目次

エリート自衛官に溺愛されてる…らしいです？

～もしかして、これって恋ですか？～

プロローグ　再会

横浜《よこはま》の海は、まぁあんまり綺麗じゃない。綺麗じゃないけど、溢れんばかりの夏の日差しの下、入道雲はもくもく、空は気を失いそうなほどに真っ青！　となると、そんな海もキラキラして見えてこなくもない。

（それに比べて、私というのは……）

赤煉瓦《あかれんが》倉庫の近く、横浜港のフェンスに寄りかかり缶ビール片手に空と海をぼうっと眺めている私というのは、この爽やかな空間においてとても異質。でもいいじゃないですか。しょうがないじゃないですか。まさか今日、会社が潰れた上に、長年付き合った彼氏と別れるとは思いもしないじゃないですか。

ひどい。神様がいるのなら、ひどい。

と、そこまで考えて――私は深く考えるのを放棄《ほうき》した。深いのも暗いのも、苦手なんです。

ぐいー、とビールを飲み干して、鼻歌。晴れてるし、ビール美味《おい》しいし。観光客が不審な目を向けてくるけれど、別にいい。こんな日くらいは、許されていいはずだ。

——なんてことをぼうっと考えてると、ぽん、と頭を叩かれた。

「……ん？」

振り向くと、白い男の人がいた。

……いや、肌自体は日焼けしてる。服装が白。私は首を上に向けて、その人を確かめる。随分と背が高い。その整った顔面には、バッチリと見覚えがあった。

「……康《こう》ちゃん？」

「なにをしているんだ、凪子《なぎこ》」

「なにしてるって」

私は彼の服装をジッと眺めた。何年ぶりに会うかわからない幼馴染の服装。軍服、と呼んでしまいそうになる、その制服は。

「……あー、あー、そうだ。康ちゃん、海軍さんになったんだ」

それも、防衛……なんだっけ、大学校かなんかを出たエリートさんだ。将校さんだ。知らないけど。

「……海上自衛官」

冷静に訂正してくる落ち着いた声色《こわいろ》に、私はふふふと笑った。相変わらずだなあ。

「所用があってこちらまできたら、明らかに不審な女性がいて——顔を見たら凪子だった」

「不審かなぁ」

「缶ビール片手に歴代歴史ドラマのオープニングを年代順に鼻歌で歌うのは、どう考えても不審だ」

「わかるのがすごいよ！」

ケタケタ笑って、記憶より少しがっちりした彼の背中を叩く。

「酔っ払ってるな」

「仕方がないではないですか」

私は事情を説明する。今日をもって無職になったこと。しかもさっき、恋人にふられたこと。

「どーしたもんかなぁ～」

空は眩《まぶ》しくて、青い。潮《しお》の香りが、鼻孔《びこう》を満たす。

「とりあえず就職だなぁ」

恋人はいなくても生きていけるけど、仕事がないと食べていけませんからね。

康ちゃんは黙ってる。黙って、なにか考えて――こういうときの彼は、良くない。

私はつつつ、と目線を逸《そ》らす。昔から、そうなんだ。こういうときのこのヒトは、なんだかよくわからない提案をしてくる。

「ふーんふふーん。私そろそろ……」

「凪子」

康ちゃんは私の手首を掴む。む、強いぞ！

「結婚しよう」

「康ちゃん、相変わらず突拍子《とっぴょうし》もないな⁉」

私は、半袖《はんそで》の白い制服を着ている康ちゃんを見上げる。真剣な眼差しで私を見ている彼は、割と強面《コワモテ》系な男前で、頭良くて運動できてそりゃ女性におモテになるでしょうってアレなんですけど——産まれたときから幼馴染な私はようく知ってる。

この人、ちょっとアホなんです。

1　ダンゴムシのおもひで

康ちゃんこと、鮫川康平《さめかわこうへい》氏は小さい頃からボケーっとしていたのですが、私は彼に輪をかけてボケーっとしていましたので、私たちは幼い頃から周りに迷惑をかけて生きてきました。

今思えば、あんなに大量にダンゴムシを集めなくて良かった（お母さんの悲鳴がすごかった）。

今思えば、自転車チキンランなんかするんじゃなかった（骨折った）。

今思えば、なんで公園にお手手繋いで歩いて行って、二駅も離れた駅前の交番で保護されたんだろう（ふたりで蝶々を追いかけた、のだと思う）。

でも、康ちゃんは大きくなるにつれて、そんな部分を内側に隠してしまった。

中学生あたりになると、もうみんなあのヒトがボケーっとしてたことなんか、完璧に忘れちゃって。そう、ボケーっと仲間は私を置いて、さっさと精悍《せいかん》な男の子になってしまったのでした。

「鮫川くんかっこいいよね」

「ねー！」

私は友達がそんな風に喋るのを「けっ、あんなの猫ですよ、猫被りですよ」と思いながら、康ちゃんが「きりっ」として姿勢良く歩くのをぼんやりと見ていたのです。

（でも、なんでだろう）

ふと思い出す。きりっと精悍《せいかん》モードな康ちゃんですが、私とふたりだと……すっごい、リラックスしていたのでした。でも高校を卒業して（高校までは同じ学校だった）そこから会わない間、康ちゃんは「きりっ」としたまま、生きてたんだろうか。

……いやまぁ、たまに帰省して顔合わせたらやっぱりへにゃって表情崩していたから、常にじゃないんだろうけれど……でもさ。ちから、ぬけよな〜、とは思う。ずっと「きりっ」としてるの、疲れないのかな。

「なぜだ」

職を失った以上、とにかく節約！　と実家に帰って数日。ピンポンと鳴ったインターフォンに、ガチャリと玄関を出てみれば……そこにいたのは「きりっ」とした康ちゃんだった。記憶より精悍《せいかん》さを増した眼差しに、一瞬怯《ひる》む。

「……帰れ」

「……っ、それはなに」

「薔薇《ばら》の花束」

「薔薇《ばら》？　なんのために」

「プロポーズだ」

気が抜けた。気というか、力が抜けた。

「……なんのために？」

「なんのため」

康ちゃんはさっさと「きりっ」モードを解除してリラックスモードで私を見ている。でもどこか、いつもと違う。ちょっと緊張……しているような？

「……結婚したいから」

「……ほえーん」

私はボケーっと康ちゃんを見上げる。

彼はなんだか悲しそうに私を見た。……そういう、捨てられた子犬みたいな顔やめてよ……。

結婚、結婚かぁ……あんまり縁がなさそうかなと思っていた「それ」について、ぼうっと考えた。なるほど、我々ももうじき、三十路《みそじ》に足を突っ込む。なにやら真剣に私を見つめ続けるこの幼馴染に結婚願望があったって、おかしくはない。お兄さんのしゅーちゃんも、弟のりょーちゃんも、結婚したとか聞いているし。なるほどねえ。

「でも、なんで私？」

「凪子といると、素の俺でいられる。傍にいてくれ」

なるほど……？

つまり楽だから、ってことかな？　たしかに、私となら楽なんだろうな。なにしろ、きりっとしなくていい。それは幼馴染ゆえ、恋愛感情もなくゆったり過ごせる、というところなのだろうけれど。

「凪子は俺じゃ嫌か」

「嫌とかじゃなくて」

「じゃあいいじゃないか」

「……いいのかな」

いいんだっけ？

「あらあらあらあら、康平くん！　久しぶりね」

背後から現れたのは、お母さん。不思議そうに康ちゃんの持ってる薔薇《ばら》の花束を見ている。

「それなぁに？」

「凪子さんに」

きりっとモードになった康ちゃんはきりっとお母さんに言う。目つきが違うよ。

「プロポーズを」

「プ、プロポーズ⁉」

お母さんは飛び跳ねた。文字通り、飛び跳ねた。

「な、なぁんだ凪子っ。ずっと付き合ってたのって、康平くんだったのー」

頬を赤くして、お母さんはるんるんと言う。

「ちが」

「早く言ってよお！」

「ちが」

プロポーズショックで、いつにも増してボケーっとしてるので、うまく言い返せない。

大学からずうっと付き合ってた彼氏は、私が無職になると知るやいなや「オレに寄生すんのはやめてくれよな」「就職するまで連絡すんなよ」「女は楽でいいよな」と言って離れていきました。

……せちがらい。でもまぁ、そんなにショックでもなかったな……。もはや惰性《だせい》だったもんな。

「お母さん」

違うんだよ、と言おうとして——お母さんが泣いちゃったから、ワタワタ戸惑う。

「凪子が幸せになるのね、ほんとに、ほんとに嬉しい……」

「お母さん」

今の「お母さん」は、私じゃなくて康ちゃん。

「凪子さんを、必ず幸せにします」

「よろしくね、康平くん……！」

「凪子、本当だぞ」

私に向かってそう言う康ちゃんは、ちょっときりっと、精悍《せいかん》モード。こういう顔されるとドキリとするからやめて欲しい！　なんていうか、リラックスしてるときとの落差がすごい。

なんか、このヒト……こんな性格で、本当に自衛官なんてできてるのかなぁ。

（見ててあげなきゃ、いけない気がする……）

だって、なんか——想像してしまった。結婚したいからって幼馴染に薔薇《ばら》の花束持って突撃するような人、多分……私が断ったら、変な女に引っかかりそう！

（気が付いたら、身包《みぐる》み剥《は》がされて横浜港に……）

そ、それはいやだ。いくらなんでも、幼馴染の葬式にはまだ出たくないよ！

そうして、気が付けば——流されるように。

私の左手薬指には、銀色の指輪が光っていたのでした。

2　正直、自分でも病んでると思う（康平視点）

ずっと凪子が好きだった。

いつから？　そんなの、気が付いたらだ。彼女の前では、素の自分でいられる。ころころ変わる表情も愛おしい。でも俺が告白する前に——凪子に彼氏ができた。中二のときだった。

（……別れたら告白しよう）

少し酷いとは思うけれど――そう思っていたのに。

ヒトの不幸を願った罰か、凪子は驚くほどに、恋人が途切れなかった。男を取っ替え引っ替えしていた、というわけではなくて長く続くのだ。凪子といるのは、心地がいいから――だと、思う。みんなそうなのだろうな、と仲睦まじげに歩く凪子とその恋人を、高校まで見続けた。

（……不毛だ）

凪子を忘れようと、誰かに告白されたら付き合った。けれど、長続きしない。割とすぐふられた。多分、伝わるなにかがあったんだろう。申し訳なかったと――そう思う。凪子の隣にいたい。けれど、凪子の隣にはいつも別の男がいた。

（……不毛だ！）

自らを鍛え直さなければ。俺はなにを考えたのか（まあ、性《しょう》に合っていたから結構だったが）防衛大学校に進み、その後江田島《えたじま》沖を泳いでいた。十五キロ遠泳。およそ八時間に及ぶそれを、泳ぎながら考える。

ああ凪子は、今頃なにをしているんだろう。

（……不毛だ）

眩《まぶ》しい夏の太陽も、苦くて潮辛い海の味も、厳しい訓練も、なにも――俺から凪子を消してはくれなかった。

任官してからも、海を見ては凪子を思い、空を見ては凪子を思う。ひどいときは魚雷を見ても凪子を思い出した。なぜだ。自分でもわからない。末期だ。

だから——たまたま凪子と再会して、凪子がフリーだと知って。

考える。

凪子はぼんやり、と俺を見上げていた。おっとりした凪子。可愛い。……いや可愛い、じゃなくて。

（これを逃せばチャンスはないぞ）

凪子のほっそりした手を掴む。不思議そうな凪子に——気が付いたら、プロポーズ、していた。

頭をフル回転させる。凪子は優しいから、多分……押したらいける。予想通り、凪子は最終的には頷《うなず》いてくれた。押し付けた薔薇《ばら》の花束を抱えてのんびりと微笑《ほほえ》んで、「康ちゃん、私がいなきゃだめそうだから」と。

「その通りだ」

俺は答える。

「凪子がいないと生きていけない」

「ふうん」

凪子はとても不思議そうに首を傾《かし》げた。

「自覚あるんだ」

「ある」

なんだ、伝わってたのか。きみがいないと、俺は生きていけないってこと。

ほっとしながら、改めて口にする。

「結婚してください」

「うん、いいよー」

おっとりと凪子は言った。その日の夜は——眠れなかった。

その後は順調だった。両家の顔合わせ（と言っても実家は近所同士、単なる和気藹々《わきあいあい》とした食事会だった）、結納、式場の決定、新婚旅行の手配。その間に、凪子は自宅でできる仕事（データ整理らしい）を見つけてきて、その合間に結婚式の準備をしてくれて——

「婚約者が寂しがってくれない」

「……まぁそんなもんですよ」

部下は呆れたように言う。ここ最近、凪子の話しかしていないので、少し呆れられているのだろうか。

二ヶ月にも及ぶ、外洋での派遣訓練。出発前に凪子に会ったけれど「船酔いにはここのツボがいいらしいよ」と手首をぎうぎう押されただけだった。

「俺が一体、なんの仕事をしていると思っているんだろう」

防大時代の乗艦実習では、散々吐いたけれど——三半規管が麻痺《まひ》したのか、任官以降はそういうこともない。もっとも、酔う人は酔うので、丈夫な身体に産んでくれた両親に感謝するばかりだ。

「まぁ、式を楽しみにしてますよ」

その言葉に、思わず頬が緩む。そうだ、この訓練が終わりさえすれば——凪子と結婚する。式に、新婚旅行。

「……結婚したら、手を出していいだろうか」

「は？」

訝《いぶか》しげな部下に、言い訳のように口にした。

「大事すぎて、手も繋げてない」

「えええ……」

今度こそ引かれている。引かれているけれど仕方ない。

「嫌がられて結婚やめる、とか言い出されたら困る」

「はぁ、そうですか」

難儀な恋をされてますね、と部下は言う。

（難儀な恋か）

なんとなく――その「難儀」は続きそうな、そんな予感がして――できればそんな予感は外れればいい、とそう思った。

閑話　鮫川康平という人について（部下視点）

鮫川康平一尉《いちい》は、もっと……こう、とっつきにくい人だと思っていた。

そもそも背が高くて強面《コワモテ》なほうだし、険しい顔つきも、部下からすればちょっと近寄りがたい雰囲気がある。そのうえ異様なほどに優秀で、なんでも防大は主席卒業らしい。日常の訓練や業務でも、それは痛いほどわかっていた。おそらく三佐《さんさ》昇進は、鮫川一尉《いちい》が一番乗りだろう、との信憑性《しんぴょうせい》のある噂も。

こちらがミスしたとき、鮫川一尉《いちい》は決して激昂《げきこう》したり感情的になったりすることはない。たとえ小さなミスだとしても、どうしたって自分の、誰かの命に関わる。特に艦艇の上では。それに対するリカバリー、適切な指示。頭の回転が速すぎて、オレはあの人の頭には機械が詰まってるんじゃないか、と時々思う。

そんなこともあって、一尉《いちい》のことは怖いけれど、尊敬する上司でもあった。

とはいえ、とっつきにくいのはとっつきにくい、と……

そんなイメージが変わったのは、一尉《いちい》が婚約したと聞いてお祝いの言葉を贈ったときのことだった。

「……ありがとう」

本気で嬉しそうな顔をして、一尉《いちい》は頬を緩めた。思わず目を瞠《みは》る。

（……この人、こんな顔をするのか）

驚いているオレを尻目に、鮫川一尉《いちい》はいかに自分の婚約者が素晴らしいのかを滔々《とうとう》と語った。まるで数学の公理を解説するかのごとく、あたかも当然のことを説明するかのように、しかし熱のこもった口調で語る、鮫川一尉《いちい》。

……なんだこれ。

「すまん、惚気《のろけ》てしまった」

「いえ」

ノロケ。ノロケだったのか。

この人、惚気《のろけ》るとかあるのか。

少し驚いたけれど――この人にも意外と人間らしい感情があるのだ、ということにオレはなんだか、随分と……なんというか、ほっこりしたのだった。

3　え、するの……です?

新婚旅行先のハワイのホテルで、私はボケーっと康ちゃんがお風呂から上がるのを待っていた。

「……先に寝てていいかな?」

ていうか、バスローブって初めて着たけど、このまま寝て良いのかな? 時差でいつも以上に頭がボケボケしている自覚はある。

成田《なりた》からホノルルに着いて、荷物をホテルに置いたらそのままトロリーバスで観光。康ちゃんは英語ペラッペラなので(一日中きりっとしてた)、私はボケーっと「海あおーい」とか言って過ごした。……ハワイまで来て「海青い」しか感想がないのもどうかと思うけれど。

(てか、案外寒そうだなあ)

なんとなく一年中、常に海で泳げそうなイメージだったし、実際に泳げるらしいけど、三月の今、日本で言うと海開き頃の水温らしい。いちおう水着は持ってきたけれども。

ガチャリと寝室に康ちゃんが入ってくる。なんかイマイチよくわからない表情をしていた。髪を拭いている。彼も白いバスローブ。

「どうしたの？　康ちゃん」

「ん、あ、いや……」

なんかモジャモジャ言いながら、康ちゃんは私の横に座った。沈むベッド。……これ、お高そうだよなー。

（……あ、疲れてるのかな）

一日中「きりっ」としてたもんね。まったく、旅行中くらいボケーっとしたらいいのにさ。

「ん」

私は手を伸ばす。康ちゃんはなぜかびくっとした。

「どうしたの？」

「え、あ、いや、その」

「タオル貸して。拭いてあげる」

返事は待たずに、タオルを取ってごしゃごしゃと短い髪を拭いてあげる。

「通訳おつかれさま～」

「……いや、全然」

「助かったよ。ありがとう」

顔を覗《のぞ》き込む。康ちゃんは、なぜか――また、捨てられた子犬みたいな顔をしてた。

「どしたのー？」

「凪子は……俺と結婚して、良かったのか」

「……？」

私と結婚したい一心で、あれだけ強引にプロポーズしたくせに。私がいないと、変な女に引っかかりそうな自覚があるとまで言っていた（多分）のに。

「え、康ちゃんやっぱ嫌だった？　私とは」

飛行機の中で冷静になったのだろうか。さっそくバツイチはなんかヤダなぁ、と眉尻を下げると「馬鹿な」と彼は少し大きな声を上げた。

「凪子がいい」

「ん？　あ、そう？」

じゃあなんでかな。

「凪子が、どう思っているのかと……」

彼の小さな声に、首を傾《かし》げた。

康ちゃんとの結婚かぁ。……まだ、生活自体はなにも始まってないし、なんとも言えないけれど……今のところは。

「楽しいよ」

「……楽しい？」

「うん」

康ちゃん、おだやかだし、今回の旅行で思ったけど、案外（失礼かな）頼りがいあるし、お互い性格わかってるから無理しなくていいし。そして一番良いのは、いつも機嫌がいいこと。元カレがかなり気分屋だったからか、すっごい楽。なんで怒ってるか考えなくていいし。

ま、その辺はお互いボケーっとしてるからね！　にこりと笑うと、康ちゃんは安心したように微笑《ほほえ》んで──私の頬に手を当てた。

「良かった」

そう言って──重なる、唇。

（……!?）

結婚式だって、おでこにだった、チュー。案外と柔らかなそれが、少し離れてはまた触れて。あれ、あれれ？　こ、こういうの、しないのかと思ってた……。心地よさになんだかとろん、としながらキスされ続ける。角度が変わって、熱い舌が口内へ侵入《はい》ってきた。

「……ん、っ」

思わず上がった声に、康ちゃんがびくりと動く。手首を掴まれて、抱き寄せられて、さらに深く。

（……赤ちゃん作るときだけかなと）

ぼうっとした頭で考える。だって、婚約期間中、まったく手を出されなかったし。子供はもう少し先かな、ってふたりで話してたから——そうかな、って。唇が離れて——目が合った。

（……わ）

どきり、とした。知らない目をしていた。ボケーっとも、きりっ、ともしてない……熱い、目で。

するり、とバスローブを脱がされる。恥ずかしくて身を縮めた。

「凪子」

宥《なだ》めるような、甘い声。見上げると、優しげにおでこにキス。

「見せて」

「……や、だよう」

「いいから」

ぽすり、とベッドに押し倒されて……まじまじと見つめられる。うう。胸を手で隠して、縮こまる。

「凪子」

困った子供にかけるみたいな、優しい声。康ちゃんもさっさと裸になっちゃう。……

あ、腹筋。むきむきじゃーん、なんて感心しながら……目に入って、うわぁって顔を背けた。康ちゃんの、おっきくなってるし！

「は、早くない？」

「……我慢してた、から」

「そ、そうなの？　結婚する前から？　あの、早く言ってくれて良かったのに」

私は康ちゃんを見上げる。整ったかんばせが、なんだか切なそうに見えて、ちょっとドキリ。

「……いや、うん」

彼はまたもやモゴモゴしてる。モゴモゴしたまま、私の頬に口付けて。そうして、恐る恐る、って感じで——私の胸に、触れた。まるで壊れ物に触るみたいに。

「……っ」

小さく、声が漏れた。久しぶりだからかなぁ。心臓がどきどきして、うるさい。多分、顔真っ赤……。そのまま、ゆるゆると揉まれる。康ちゃんの手のひらがその先端に触れて。擦れる感覚に、声が零れる——ぁぁあ、こんなの聞かせたくないよ！　恥ずかしいよ！　お互いオムツしてるときから知っているのに！

「ふ、ぁ……っ、んッ」

でも零れる。恥ずかしすぎて、口を両手で塞《ふさ》いだ。

また、宥《なだ》めるような甘い声。

「聞かせて」

「……っ、うぅ……」

簡単に手を外されて、康ちゃんは私の胸の先端を口に含む。

「ッ、ぁあ……っ、やッ」

口内で舐《ねぶ》って、甘噛みをして、舌でつつく。そのたびに私は恥ずかしすぎる声が溢れる。

「や、だよぉっ、康ちゃん、こぉちゃ、んっ」

「……うん」

なにが「うん」なのかわからない。わからないけれど、康ちゃんはやめてくれない。

つぷん、と音をさせて康ちゃんは私の胸から口を離す。そうして、私の腰骨に手を伸ばして——下着をずらした。

「いいか？」

康ちゃんの、少し掠《かす》れた声。……緊張してる？　私は少しそれに安心して、小さく頷《うなず》いた。この期《ご》に及んで「やっぱなーし！」はしない。しないけども、恥ずかしすぎてモジモジと下着を脱いだ。

（わ、どうしよ、濡れてる）

は、恥ずかしい……。シュンとして目を伏せた。

4　あまりに愛おしすぎて（康平視点）

凪子の頬は、驚くほど赤い。炎天下の運動会でも、ここまで赤くなかった――そう思うくらい、赤い。大好きな瞳は、欲情で潤んでいる。

（……壊してしまいそう）

大事に大事に――しないと。タガが外れてしまって、めちゃくちゃに抱いてしまいそうだった。

ガラス細工にでも触れるように、そうっと触れた熱い柔肌《やわはだ》。漏れる吐息。脱がせた下着は、濡れていて。ごぼりと欲望が湧き上がる。このまま挿れてしまいたい。挿れて、欲望にまかせて――いや、落ち着け。嫌われたらどうする？　初夜で、そんな……がっつくような真似《まね》は――そうだ、格好悪いし。

……格好悪いからなんだ。何年我慢したと！

「……康、ちゃん？」

凪子の声に、我に返る。

「わ、たし……なにか、へん……?」

不思議そうに凪子は言う。凪子の身体を凝視しながら、俺は無言だった、らしい。

「変じゃない。綺麗だ」

慌てたように言うと(少し早口になった)凪子はなにが面白かったのか、擽《くすぐ》るように笑った。その頬にキスをする。凪子はびっくりしたように俺を見る。その唇にもキスを落とす。それから手に、首に、鎖骨《さこつ》に——

愛おしい。好きすぎて苦しい。夢じゃないだろうか。凪子が、今俺の腕の中にいるなんて。

臍《へそ》の横にキスすると、擽《くすぐ》ったかったのか、凪子が笑う。その横腹に、軽く噛み付く。

「っ、ぁ、う!」

反応が可愛すぎて、それだけでイきそう。太腿《ふともも》にも、唇を落として——っ、と舐めながら内腿《うちもも》に。

「ゃ、ぁ、ねぇっ、康ちゃ、そこは見ないで」

「うん」

返事をして、でもそれには従えない——ぐっと脚を開く。

「や、だってぇっ」

凪子は往生際《おうじょうぎわ》が悪く、膝を合わせて手を置いて抵抗する。可愛らしい抵抗すぎて、かえって劣情を煽《あお》っているのに気が付かないものか。構わず、濡れて溢れているソコにも唇を落とす。凪子の、味。

「ふぁ、ぁンッ」

凪子の腰が揺れる。凪子は俺の髪を、軽く軽く掴む。

「や、だってぇ……ッ」

「……嘘つき」

思わずそう言ってしまう。凪子の腰は、キモチイイところに触れて欲しいのか、揺れてイヤらしい。お望み通り、と舌を這わせる。

「っ、ふ、ぁ……、ぁ！」

凪子の肉芽が、刺激を欲しがって赤くぷくりとなって俺を誘う――から、舌を伸ばす。

「や、やぁっ、ぁあッ、こぉちゃ、んっ、ソコだ、めぇっ」

イヤイヤと首を振るくせに、俺の頭に触れる凪子の両手は引き離そうとはしていない。

いや、むしろ――

「ココ、好きなんだな」

「や、そんな、ことっ……！」

甘噛みをすれば、ビクビクと凪子の腰が跳ねた。凪子のナカから、とろりとろりと溢れてくる液体。それは快感によるもので――。凪子を覗《のぞ》き込むと、はふはふと息をして、瞳はトロリと俺を見て蕩《とろ》けていた。

凪子は頬をさらに赤くして、ふいっと目を逸《そ》らした。可愛すぎて、抱きしめる。

「康ちゃん、ずるいよう」

「なにが」

「あんなとこ、あんな風にされたらイくに決まってるじゃんっ」

照れ隠し（？）で怒っているらしい。可愛い。なんかズレてる。ちゅ、と唇にキスを落とす。

「……変な味〜」

凪子は小さく笑った。

「凪子の味だ」

「……むう」

妙な顔をして凪子は唇を尖《とが》らせるから、そこにまたキス。キスしたまま——指を蕩《とろ》けきったナカに挿し入れる。

「っ、ぁう、ぅ」

唇越しの、くぐもった甘い声。表情を見たくて、唇を離す。

（……おんな、の顔だ）

初めて見る表情。仕草。凪子が今まで俺に見せてこなかった——おんなの、凪子。お

「……イった？」

とこを欲しがる、淫《みだ》らなカオ。それが余りに愛おしくて可愛くて……あ、やばい泣きそうだ。

ぐっと我慢して、凪子のナカを指で探る。きゅんきゅんと吸い付くソコは、熱くて狭《せま》くて、蕩《とろ》けて。

「っ、ふぁ、ぁ、ぁ、ッ、やぁっ、らめ、っ」

指を動かすと、凪子は淫《みだ》らに啼《な》く。

ここに、……挿れる？　俺の、を？　呼吸が荒くなりそうなのを、ぐっと耐えた。指を増やして、ぐちゅぐちゅとかき回して――びくん！　と凪子が反応する。

「ここ？　凪子」

「ゃ、っ、ぅ、んっ、そこっ、気持ちい、いっ」

凪子の声が蕩《とろ》けている。完全に抵抗をやめたのか、素直に俺にされるがまま、蕩《とろ》けて。

「っ、ぁ、きちゃ、う、きちゃうっ、こーちゃん、っ、イ、くっ、イく、……ッ！」

素直になった凪子は、最高に、……エロかった。シーツを握りしめて、自分から脚を開いて、びくびくと震えながら、ナカはぐちゅぐちゅと吸い付いて俺の指を咥《くわ》え込んで。

荒い呼吸を繰り返す凪子から、そうっと指を抜いた。くちゅん、とイヤらしい水音。くてん、と力を抜いた凪子……は、俺を見てムニャムニャとなにかを言う。

「どうした？」

「あの、……おっきくなってるね？」

「ん？」

さっきも同じことを言っていた。不思議に思いながら頭を撫でると、「さっきより」と言い添えてくる。俺はそれに、なぜだか神妙に頷《うなず》いてしまう。

「ものすごく興奮してるからな」

凪子は驚いたように俺を見る。

「こ、興奮？　私だよ？　興奮する要素がどこに」

「全部」

可愛らしい口を無理やり唇で塞《ふさ》いで——それから凪子の、なかば力が抜けた脚をぐっと開く。凪子の蕩《とろ》けて、欲しがってヒクヒクしているソコに、自分のものをあてがい、凪子を見つめた。

「挿れる、ぞ」

凪子は一瞬、息を呑んだ。それからゆっくりと頷《うなず》き、……首を傾《かし》げる。

「優しく、してね？」

ぷつん、と理性の糸が切れる音がした。

5　優しくって言った、けど

「優しく……しようと」

康ちゃんは、ふう、と息を吐く。そうして続けた。

「優しくしようと、思っていた」

「……？」

やたらと真剣な彼を見つめた。視線が絡む。とろりと溶けそうなほど熱い視線。ギラギラしてる、……こんな康ちゃん、知らないよ。

（こわ、い）

……でも、こわいのに——私は自分の身体の中心が、ズクリと疼《うず》くのを覚える。端的に言うならば、それは——欲情。

この人が、ほしい。

「こ、ちゃん」

「……なんだ？」

ギラギラした目のまま、でも手つきは優しく私の頬を撫でる。

「優しく、しなくて、いいよ」

「……？」

「こーちゃんの、好きに、……して?」

康ちゃんは一瞬、虚を衝《つ》かれような顔をして、次の瞬間には私にべろちゅーしてた。

「んっ、んぁ、……ふ、ッ」

そのままぎゅうぎゅう抱きしめられて——離れた康ちゃんは、私の脚をぐ、とまた開いて。ぐちゅ、と私のナカに、少し焦るように挿入《はい》ってきた。熱い、……康ちゃんの。

「っ、ぁ、あ!」

私は思わず身体が跳ねる——だって、おっきくて、熱くて……

「っ、あまり締めるな、凪子」

なにかに耐えるような声。そうして「……狭《せま》」と康ちゃんは呟く。……多分、私が狭《せま》い、んじゃなくて、……康ちゃんのがおっきいよう! 私のナカをみちみちと拡張していく、熱さ。ナカはそれでも、きゅんきゅん悦《よろこ》んで、トロトロになってるのがわかる。

康ちゃんは少しだけ心配そうに私の頭を撫でた。目が合う。小さく頷《うなず》くと、ぐ、と康ちゃんは腰を進める。

「っ! ふ、……ぁ」

「……全部、挿入った」

康ちゃんの、どこか満足げな声。私の腰を持って、康ちゃんは息を吐く。

「凪子」

名前を呼ばれて、視線を上げて——目が合ったまま、康ちゃんが動くから。

「っ、ぁ、あああンッ⁉」

ぱちゅん、と——康ちゃんの抽送《ちゅうそう》でイヤらしい水音が、して。絡み合う視線。目でも——抱かれてる、みたいで！

(なにこれ、恥ずかしい！)

思わず外した目線、動かした顔をぐいっと戻される。

「凪子。ちゃんと俺を見て」

「……っ、うう」

なぜだか、言う通りにしかできなくて——見つめ合ったままに、ぱちゅぱちゅとナカを突かれる。

「っ、ぁ、あ、あ……！」

ナカが蕩《とろ》けて、死にそう。自分のナカが、きゅうっと締まって、康ちゃんから搾り取ろうとしてるのがわかる。こんな——オンナ、だったっけ？　私。

止《や》まないイヤらしい水音、外してもらえない視線、蕩《とろ》けてるナカが収縮し始めて。

「っ、あ、ソコ、……っ、康ちゃ、ん、きちゃ、ぁ……イ……きそおっ」

目線がばっちり合ったまま、私からは恥ずかしい、そんな台詞《せりふ》が口から零れる。

「うん、イって、凪子」

「っ、ぁう、っ、こ、のまま……？」

眉尻を下げる。こ、こんなに、じいっと見つめられたまま⁉

「そのまま。イくところ見せて凪子」

「ゃ、だよぉ……っ、なんでぇっ？」

抵抗しながらも、高まっていく感覚。止まらない抽送《ちゅうそう》。くちゅん、くちゅん、って擦れる水音。

「『なんで』？」

康ちゃんはなぜだか少し──笑った。ちょっと寂しそうに。

「ずっと、……見たかったから」

どういう意味、と思ったけれど、もう次の康ちゃんの抽送《ちゅうそう》で、ソレが奥をぐって突いて──私の頭はスパークしてしまう。

「っ、ぁ、あ！　イ、くっ、イっちゃ……ぁ！　ぁ……！」

康ちゃんに目で犯されるみたいに、そんな風に見つめられながら──私はさすがに目を逸《そ》らして、というか気持ち良すぎて目を閉じて、私の頭の横にあった康ちゃんの手首を掴んで──イった。

（あ、あ、あ……きもち、いい）

脳味噌まで痺《しび》れる快感に──意識がトロリと蕩《とろ》けそうになった刹那《せつな》、ぐ、と奥に無理やり与えられた快楽に、私はハッと目を開けた。

「や、……ぁっ、康ちゃん、っ、わた、し、イってる………とこっ！」

「知ってる」

ぐちゅんぐちゅん、と水音が響く。康ちゃんははぁ、と息をついた。それは康ちゃんも「キモチイイ」って思ってる、そんな息で――なんだか私はキュンとなった。

「知ってるけど、……凪子、意識飛ばしそうだったから」

「んッ、おき、たっ、起きたぁっ、だから」

イったばかりの、……ていうか、まだキュンキュンしてるナカに、なかば強引に与えられる快楽。

それはいともあっけなく、次の快楽の波を連れてきて。

「ゃ、だぁって、ば、……ぁ、ッ！　康ちゃ、また、イ……くっ、やめ、てぇっ」

「イけばいい」

低くて、掠《かす》れた声だった。その声が、余計に私の中の悦楽《えつらく》を刺激して。

「んんッ、んぁッ、ぁあッ、イく、っ、康ちゃ、こうちゃんっ、こうちゃん……！」

淫《みだ》らに、康ちゃんの名前を連呼しながらナカをキュンキュン収縮させて、私は彼にしがみつく。ぎゅ、と抱きしめ返してくれる、おっきな身体。

「凪子」

耳元で、名前を呼ばれる。

その響きはまるで、愛おしい人に対するものに思えたから、……なんだか甘えたくなって。

私も小さく、呼び返した。

「康ちゃん」

康ちゃんは、なぜだかほんの少し戸惑って——そうして、私の頬にキスをした。

愛しい誰かに、そうするみたいに。

6 まったくもう

康ちゃんは実は割と——人の影響を受けやすい、と私は思っている。だって、私がハマったものに康ちゃんもすぐハマっていたもの。中学生の頃とかのことだけど。漫画もゲームも、すぐに。……今も、そうなのかなぁ？
ホノルルのあるオアフ島から、ハワイ島へ移動したその日。やけに黒い砂浜（溶岩らしいです）を見学しながら、観光ガイドのおじさんが、私たちを見て言った。私たち……っていうのは、私と康ちゃんだけじゃない。ハワイ島を巡るそのオプショナルツアーは、たまたまだろうけれど新婚旅行で来た人が私たちの他にもいて。で、まぁとにかくそのおじさんは言ったのだ。

「新婚サンたち、ちゃんと愛してるって伝えないといけませんよ～」

アロハシャツを着ている日系人のおじさんは陽気に言う。

「ボクは結婚三十年目だけどね、夫婦円満の秘訣は毎日愛してるって奥さんに伝えることだね！」

私はなんとなーく、康ちゃんを見上げた。彼は……ものすごく真剣な顔をしている。……こういうときの康ちゃんは、なにかしでかすんです。

「凪子」

「言わなくていい」

「愛してる」

「言わなくていいってば！」

てかアナタ、私とは楽だから結婚しただけでしょうに！

「お、さっそく実践ですか！」

ガイドのおじさんに続いて、老年夫婦が「若いっていいわね」とからかうように言う。

私はヒャァアと真っ赤になって下を向いた。

「いいですねー、毎日三十回は言ってくださいね」

「三十回」

ふ、復唱しなくていい……！

私は康ちゃんの手をぎゅうっと握る。痛くしてやろうと思ったのに、悲しいかな握力のなさから、単に手を握りしめただけになった。康ちゃんは少し嬉しそうにしている。

むう、一体なにを考えているんだろう、この幼馴染……突拍子《とっぴょうし》もないからなぁ。

その日の夕食、なんだかやたらと薄暗いホテルのレストランで（ムーディなのか、なんなのか）お花とかいっぱい載ったアボカドと海老《えび》のサラダをもぐもぐ食べていると、康ちゃんがなにげなーい顔で私の手に触れる。

「……なぁに？」

「いや？」

……エッチしてから、なんかこんな感じ、だなぁ。常にどっか触られてるっていうか。そう、昼間もずうっと手を繋いでいたし。ボケーっとそんなことを考えていると、つつ、と腕の内側を指で撫であげられる。

「っ、ひゃあんっ」

思わず声が上がって、それからぷうと康ちゃんを見上げた。

「やめてよう、さっきから」

「……いや、凪子。それがだな」

康ちゃんはボケーっとした顔のまま、私を見つめる。でも、その目が少し……ぎらぎらしていた。

「勃《た》った」

「たっ……⁉」

なぜ？　なぜに？　なぜそんなに元気なのですか我が幼馴染よ！

「したい。部屋帰ろう？　凪子」

熱い声。でも私はちょっとムッとする。なんか、なんか……康ちゃん、えっちばっか！

「……デザート、パンケーキ、頼みたいの」

「ルームサービスがあるらしいぞ」

「でもー」

「凪子」

おねだりするみたいな声に、ムッとしたのも忘れちゃって。

「……これ食べ終わったら、ね」

そんな風に返してしまって……私、甘いかな。結局ぐずぐずになって部屋に帰って、ひゃんひゃん啼《な》かされて。くてん、と力が抜けた私を抱きしめて、彼は言う。

「愛してる」

私はむう、と眉をひそめた。またもう、すぐ影響受けてー！　でも、なんだか甘い声なその台詞《せりふ》に、どこか……胸の奥がきゅんとしてるのは、事実だった。悔し紛れに、唇を尖《とが》らせる。

「そ、その割にはえっちばっかじゃん」

「……？」

「康ちゃん、えっちしたくて結婚したの？」

私の言葉に――康ちゃんは、固まった。

え、なになに？　ぼうっと彼を見ていると、康ちゃんは見る間に……真っ青になった。

「こ、康ちゃん？」

「違う……」

彼は私をぎゅうっと抱きしめる。

「違う」

「う、うん。わかってるよ」

私は慌てて康ちゃんの頭を撫でた。

「意地悪言ってごめんね、愛してるって言われて照れただけなの」

いや本心じゃないのはわかってるけどさ！　それでも照れちゃうでしょう⁉　……あ、あいしてる、だなんて。

「本当か？　もし凪子がセックス嫌なら、……もうしない」

「え、ええと」

「我慢する……」

シュンとされた。ああもう、面倒くさいなぁ。

「もう、バカ康ちゃん、嫌じゃないよ」

まだちょっとシュンとしてる彼の唇に、ちゅ、とキスをひとつ。

「むしろ、……すき、だよ？」

康ちゃんとの、えっち。すごい、……キモチイイもん。キモチイイだけじゃなくて、……ちゃんと大切にされてるってわかる、っていうか、うん。なんか照れるなあ！

当の康ちゃんは、なんだか呆然としている。

「康ちゃん？」

「凪子からキスされた」

「……？」

「好き、とも言われた」

いやまあ、言ったけども。

「康ちゃん？　おーい」

「凪子」

康ちゃんは私の頬を両手で包む。

「な、なぁに?」

「愛してる」

「だ、だから……むぐう」

ちゅ、と唇を塞《ふさ》がれて、ぬるりと舌が入り込んで、きて。

(な、流されてる気がするっ)

プロポーズ以降、こんな感じなような……

「愛してる」

まっすぐな瞳で、なんだかとっても幸せそうに言われて。

どうしてだか――私も、不思議なことに幸せな気持ちになってみたり、少しだけ笑いかけてみたり……したのでした。

7　腹立つなぁ、もう!

新婚旅行から帰ってきて、三日後。

「片付かないねぇ」

私はパソコンのキーボードを打つ手を止めて、小さく独り言を呟いた。

片付かない。全然片付かない。引っ越しの荷物。えーと、仕事、溜まってたんだもん。自分に言い訳をして、またキーボードを叩く。今の私は、潰れた会社の取引先の契約社員。在宅でできるから、ちょっと助かってる。週に一回は、出社するけれど――

新居は横須賀《よこすか》市内のマンション。康ちゃんの職場の官舎もあるらしいけれど……そういうとこ向いてなさそうだからなぁ、って理由で、素直にマンションを借りた。その、引っ越ししたばかりのマンションのインターフォンが鳴る。

（あ、届いたかな？）

新婚旅行で買った、お土産たちだ。宅配にしたので、そろそろ届くかなと思っていたのでした。予想通り、それはマカダミアナッツだの、ボディークリームだのが詰まった段ボール。引っ越しの段ボールが片付かない部屋に、それも置いて――あ、と思い出した。

友達に無事帰国しました、って言ってないや。さすがにお母さんとかには連絡したけれど――友達みんな、私が海外に行くことをものすごく心配していたからなあ。

『カモがネギ背負って海を渡る』

『いい、凪子。一ドルは一円と違うんだからね！』

……みんな、私をなんだと思っているんだろう。

とりあえず段ボールから何個かお土産を引っ張り出して、机に置いてぱしゃりと写真を撮る。それを少しだけ加工して、ＳＮＳに投稿した。

『帰国しました～。無事です。お土産渡しに行きまーす』

そのあとは仕事に集中して、さて休憩……と思ったら、スマホに結構な数の通知がきていた。

『カードの明細よく見ておくように』『いくらスられた？』『無事でなにより』

失礼なコメント（もちろん仲良いから冗談だってわかる）に混じって、お祝いの言葉ももらう。

『新婚旅行、どうだった？』『結婚式すごくよかったよ～。写真送るね！』『イケメン旦那さんの写真も上げて！』

む、イケメンと言われると、うん、なんか面映《おもはゆ》いですね。返信しようとしていると、また新着コメント。……うげえ、元カレだ。

『は？』

私はその文字をじっと見つめて、べえっと舌を出した。なによ「は？」って、

「は？」って！

失礼だよなぁ、あんなふり方しておいて……。失業したばっかの彼女に「オレに寄生すんなよ」ってめちゃくちゃだよね。する気もありませーん、だっての。

と、スマホが震えた。……おお、その元カレ、裕之《ひろゆき》からだ。どうしよ。考えあぐねているうちに着信は切れて……またかかってきた。もー、めんどくさいな！

「もしもし！」

『おい、凪子。あれなんだよ』

「なんだよって、なに」

『新婚旅行って』

「新婚旅行だよ」

『は？　知らねーんだけど』

「え、なんで教えなきゃいけないの？」

私は電話越しだというのに、首を傾《かし》げる。

「別れてるのに」

裕之はなんか、絶句してる。

「オレに頼るな、連絡するなって言ったのそっちだよ」

『……いやでもさ、普通。仕事見つかったら元サヤじゃねえの』

「知らないよー。私はもう連絡するなって言われたから」

ぷんすかと私は唇を尖《とが》らせる。だいたい、あれから何ヶ月経ったと思ってるんだろう！

もうすぐ一年経つってば！

「他に用事ある？」

『……ないけど』

『じゃあ切るね～』

『いや、ちょっと待ーー』

つーつー、って機械音。またかかってくるかな？　と思ったけれど、もう着信はなかった。うん、よし。

晩ご飯をひとりで食べ終わった頃に、康ちゃんが帰宅してくる。

「おつかれさまー。今日も日本平和だった？」

「……スケールがでかいが、うん、おおむね平和だった」

ただいま、と抱きしめられる。あ、少し――海のにおい。

「凪子」

少し、声のトーンが変わって。だから私も首を捻《ひね》る。

「なぁに？　なんかきりっとしちゃって」

「それがだな」

すぐにボケーっと、というか、まぁ良く言えば肩の力が抜けた顔で康ちゃんは眉尻を下げる。

「転勤だ」

「てん、きん」

私はリビングを見回す。引っ越してきたばかり――片付いてない段ボールの山。

「……その、本当に申し訳」

「え、ラッキー」

私はぱちん、と手を合わせる。

「荷造りしなくていいじゃん」

「……まぁ、それは」

「タイミング～」

ぐ、とサムズアップしてみせると、康ちゃんはなんだか余計に弛緩《しかん》した。あーあー、へニョへニョしちゃって。でも本当にラッキーだ。これ開けるの、億劫《おっくう》だったんだよねー。

「グッジョブ、お国～」

「国？」

「え、康ちゃんお国の命令で転勤なんでしょ？」

自衛官は特別職国家公務員、のはずだ。

「……ううむ」

なんとも妙な顔をしてる彼に「どこなの？」と聞いてみる。

「あ、ああ。佐世保《させぼ》だ」

「佐世保？　佐世保バーガー？」

「あとは三川内焼《みかわちやき》だとか」

「やきもの？」

その素敵そうな物は知らないけれど（食べ物？　……って、陶器のほうかな）、佐世保が長崎《ながさき》なのはわかります。

「角煮バーガー」

「食べ物しかないな」

康ちゃんはそう言いながら——少し安心したように、私のおでこにキスをしたのでした。

閑話　だってオレのなんだから（裕之視点）

ふ、とずっと連絡してない凪子のことを思い出した。なんでって、ちょっと付き合ってた女と別れたから。まぁ、正直に言うなら——ヤりたい。あいつ、今なにしてんのかな。連絡取るのやめてどれくらいだっけ？　……半年以上は経つけども。正確には……九ヶ月、か？　まあ、まだ大丈夫だろ。大学のときからの付き合いだけれど、最長三ヶ月放置したことがある。けど、あいつボケーっとしてるから、オレの浮気にもその間の放置にも気付いてなかった。

『実験でなかなか連絡取れなくて』

『わお。そうだったんだ。大変だったねぇ、おつかれさま』

そう言って笑う凪子の雰囲気は、うん、嫌いじゃなかった。落ち着くし。あいつを抱きしめて寝ると、すげえ安眠できる。なんだろうな……。まぁ、だから浮気してしまう部分はあったと思う。刺激がねーの。あいつが「会社潰れた」ってヘラヘラしてたとき、ついイラっとして「連絡すんな」とか言ったけど……まさかまだ就職できてない？　半年以上経つぞ？

コツコツ貯金するタイプだったから、もしかしたらそれで旅行とか……？　うげ、なに勝手に使ってんだろ！　結婚したら、それもオレの金だよな⁉

（SNS見てみるか）

旅行とかしてたら、さすがに写真とか上げてるだろ、と見てみれば、旅行は旅行でも……新婚旅行、に行っていたようだった。

「……は？」

思わずそのままコメントして、すぐ電話をかけた。は？　結婚？

電話の向こうの凪子は、とても不思議そうだった。切れた電話。オレは立ち尽くす。

結局そのまま会社のやつにグチってみた。

「付き合ってた彼女が、勝手に他のやつと結婚した」

「はー⁉　ひどくねそれ！」

最初は同情してくれたのに。

「……それは普通に自然消滅だよ。ていうかフラれたと思うだろ」

「オレは就職するまで連絡して欲しくなかっただけ。オレに寄生して欲しくない」

「寄生？」

「それで結婚なんかしてみろ。寄生虫みたいなもんだろ、そういう状態のオンナなんか」

同僚はイラっとした顔をした……そうだ、こいつ結婚して、嫁が専業主婦なんだ。あー騙《だま》されてかわいそうに、ＡＴＭかよ。結局、他の友達にも相談したけれど、「それは別れたと判断されておかしくない」と結論づけられてしまった。

「いやその言い方されてさ、もう連絡なかったらフラれたなって思うよ普通」

女友達（肉体関係含む）にもそう言われて――でも、凪子はそんなんじゃないんだ。三ヶ月だろうが、半年だろうが、少々酷いこと言おうが、浮気しようが、半年以上放置したって大丈夫な女のはずなんだ。――だった、んだ。

そうしてその後、ほどなくして――オレは長崎支社への転勤を言い渡されたのだった。

8　きみがいる（康平視点）

もうすぐきみに会えると思うだけで、家路がこんなに楽しいなんて。

だけれど、今日ばかりは少し気が重かった。

（……なんと言われるだろう）

急な転勤。いや、毎度のことだし、凪子にも伝えてある。……それでも、神奈川《かながわ》と東京《とうきょう》以外に土地勘のない凪子にとって、それは結構ショックな話なんじゃないかと。

（しかも、引っ越したばかりだ）

気が重い。最悪、……単身赴任……？　いやだ、凪子と離れたくない。

けれど、凪子はのんびりと、いつも通りの笑顔で受け入れてくれた——から。

「っ、ぁ、ふぁ……ぁッ、なんでっ、康ちゃん興奮しちゃったのぉ……っ⁉」

ぱちゅぱちゅとイヤらしい水音が響く。凪子のナカに、俺は出たり入ったり、それがあまりに官能的でつい見つめてしまう。

「こぉ、ちゃん……っ、なに、見てるのっ」

俺によって素っ裸に剥かれて、ベッドで淫《みだ》らに脚を開いて喘《あえ》ぐ凪子が最高に可愛い。

凪子の両足首を持って、トロトロのナカを突きながら——淫猥《いんわい》なその情景を眺める。

「いや、——俺のが入ってると思って」

いまだに……もう何回抱いたかわからないくらいなのに、感慨深い。

「入れたの康ちゃん、じゃぁん……っ」

その通りなんだけれど。腰を掴み直して、より深くに——ばちゅん、と水音と一緒に腰の当たる音。

「っ、ぁぁあ……！」

凪子の甘い、高い声。熱くて狭《せま》くて蕩《とろ》けているナカが、きゅんっと締まる。

「イきそ？　凪子」

聞いてみれば、凪子は涙目でこくこくと頷《うなず》く。

「う、ん……っ、そこ、っ、きもちい、っ」

快楽に素直な凪子、めちゃくちゃ可愛い。瞳は潤んで、トロトロした顔で俺を見つめる。

「凪子はイくの好きだな」

「ふ、ぁ……っ、うんっ、すきっ、すき……！」

唇が緩む。凪子の「すき」がとても嬉しい。……俺の「好き」と凪子の「好き」は違う。けど、今は俺だけに向けられた「好き」。

「っ、ぁ、あンッ、はぁっ、ぁあッ、あッ」

俺の動きに合わせて零れる、甘すぎる声。健気《けなげ》にきゅんきゅん締まるナカ。

「っ、ふぁ、っ、イ、くっ、こぉちゃんっ、イっちゃうっ、手、ちょおだいっ、手、繋いで……っ？」

「ん」

凪子は手を繋ぐのが好き、みたいだった。いつからこんな風にイくのが好きなのかは知らない――知りたくもないけれど。凪子の手を握る。トロトロの凪子は、それでも嬉しそうに微笑《ほほえ》んで――可愛いから、唇も重ねた。舌をねじ込んで。腰の抽送《ちゅうそう》が、知らず速くなる。グズグズに蕩《とろ》けてる凪子のナカが、痙攣《けいれん》するように締まって……俺も、気持ちいい。

「ふぁ、ぁぁ……！」

唇を重ねていても、漏れる凪子の声。凪子がびくんと俺の手を握る、その綺麗な手に力を込める。同時にナカは蠕動《ぜんどう》するようにキュ、キュ、と締まった。ふわりと力が抜けた凪子の、イったばかりのナカはまだピクピクと痙攣《けいれん》している。

（……可愛すぎか）

唇を離す前に、唾液《だえき》を注ぐと、凪子は抵抗もせずこくりと飲み込む。とろりとした顔のまま――凪子の頭を撫でた。

「こ、ちゃん」

うっとり、って顔で俺を呼ぶから――あ、だめだ、イく。ばちゅん、と腰を打ち付けた。

「っ、康ちゃん、っ、私、イったばっかぁ、っ、休ませて……！」

「うん」

凪子の額《ひたい》にキスをひとつ。凪子と結婚してわかったのは——凪子はこう言う、けれど。

「でも凪子、こうされるの、……好きなくせに」

「ゃ、ぁ……っ、好き、じゃないもぉんっ」

なんでここだけ素直じゃないんだろう。きゅんきゅんとナカは蠢《うごめ》いて、凪子の腰は自分から動いていて。かぷりと鎖骨《さこつ》に噛み付いた。

「ぁあ……っ、ぁっ、あ……！」

イったばかりで敏感になりすぎている凪子は、これだけでナカがピクピク締まる。鎖《さ》骨《こつ》を離してから、トロトロを通り越して——もはや気持ち良さで可愛くなりすぎている凪子の顔を眺めた。

可愛いエロい。表現の仕方がわからない。

「凪、子。俺も」

掠《かす》れた声でそう言って——凪子のナカに打ち付ける。一番奥に、ただ本能のままに。

「っ、ぁ、あ……っ、あう、ぁッ、あ……イ、っちゃ、ぁう……あ……っ、あー……ッ」

凪子から零れる高い声。ナカはもうドロドロに蕩《とろ》けて、でも健気《けなげ》に俺のを咥《くわ》え込んできゅんきゅんと離さない。イッた凪子のナカの、吐精を促《うなが》すその蠕動《ぜんどう》に、食いちぎられそうになる。

「……っ」

溢れそうになる声。薄い被膜越しに、どくどくと欲を吐き出して――気持ち良さにゆるゆると動く。その動きでさえ、凪子はぴくんと反応して。

「は、……ぁ」

可愛すぎて息が漏れる。ぎゅ、と抱きしめると、凪子もゆるゆると抱きしめ返してくれた。

「きもち、いい、ねぇ」

「そうだな」

裸で抱き合う。腕の中で、凪子が幸せそうに俺に擦り寄る。思わず漏れた本音。

「愛してる」

「……ふふ」

凪子は少し笑って、俺の頬にキスをした。どういう意味、だろうか。ちゃんと伝わっているんだろうか。俺はきみを、世界一、おかしくなりそうなほどに愛しているというのに。――いや、もうおかしくなってしまったのかもしれない。好きすぎて。愛おしすぎて。

「凪子、愛してる」

「わかったってば、もう！」

凪子が擽《くすぐ》るように笑って、俺はもう一度強く、彼女を抱きしめた。

たっぷり凪子を堪能した後の夕食、凪子の「冷蔵庫にあったものチャーハン」を食べていると、ハッと気が付いたように凪子が目を丸くした。凪子の前にはデザートのプリン。

「どうした」

「そういえばね、別れるって言ってなかったからかなって思って！」

思わずびくんと身体を揺らす。わ、別れる？　なにが？　――誰と！

「元カレがねー」

「元カレ」

やや安堵《あんど》しながらも、唐突に出てきた「元カレ」という単語に胸がひりつく。元カレ……

「お昼くらいに急に連絡してきて」

「……ほう」

スプーンをテーブルに置いた。

人妻《俺の凪子》になんの用事だ、元カレとやら。

「新婚旅行ってなんだよ、って急にキレたのね」

少し黙る。……先ほどの凪子の言葉。

「ええと、凪子。そいつと……別れてなかった？」

「別れてたつもりだったの。ていうか私がフラれたと思ってたんだけど」

首を傾《かし》げて不思議そうな凪子。

「……その元カレとは、連絡はとってたのか？」

「ううん。最後に話したのがね、ええと……康ちゃんと久しぶりに会った日の前。ほら、赤煉瓦《あかれんが》倉庫のとこで」

凪子と再会したときか。……一年近く前だな？

「それは別れてるだろう。心配するな」

「そうかなぁ。二股《ふたまた》だったかなぁ。ごめんね康ちゃん」

心配げな凪子の髪を撫でた。

「大丈夫だ」

おおかた、なんらかの理由でヨリを戻そうとしていただけなんだろう。それで凪子が結婚していたから、勝手に怒って……自分勝手なやつだな？　知らない相手にムカついた。

「でもね、大丈夫だよ康ちゃん。別れてるよね、って言ったから」

「うん」

よしよしと髪を撫でると、凪子は気持ち良さげに目を細めた。

（……転勤があって良かった）

二週間後には、凪子は佐世保だ。そいつと会うこともないだろう。

それより――つ、と凪子に視線を戻す。なあに、と凪子は首を傾《かし》げた。可愛い。

（大丈夫だよ、か）

その言葉がなんとなく、嬉しい。ふたたびスプーンを手に取って、チャーハンを口に運ぶ。凪子は嬉しそうに俺を見ている。

「康ちゃんは食べっぷりがいいねぇ、作りがいがあるねぇ」

「そうだろうか」

「うん」

にこにこ、と凪子は笑う。

「覚えてるか？　高校のとき、これ、作ってもらったことあった」

「えー？　そうだっけ」

凪子は不思議そうにしている。

「部活でヘコんでるときに。凪子が家から手招きして、なにかと思ったら大量にこれ食わされて」

「あっは、あったっけー」

「あった」

あれは……救われた。本当に。

「えーと。あ、思い出した、康ちゃん初戦敗退したんだ」

ぐ、と言葉に詰まる。

「でも仕方ないよー。相手、結局全国優勝したんじゃん」

「……それは言い訳で」

「康ちゃんヘコんでネバネバしてたから、お腹いっぱいにさせよって思って」

「……ネバネバ？」

ネバネバってなんだ？

「ウジウジが発酵《はっこう》してネバネバ」

なんだか嫌だな、それ。

「ほら、お腹いっぱい、限界まで食べたら大抵のことはどうでもよくならない？」

「……一理ある」

「でっしょぉ？」

凪子はほんわり笑う。

「お腹いっぱいでもう吐きそうでどうしようもなくなったら、大抵のことはどーでもいー」

「……ならなかったら？」

「むっ」

凪子は眉根を寄せた。

「……それはもう、私ではどうしようもないので、各人で解決してもらわなくては……って、なに笑ってるの康ちゃん」

凪子のそういうところがツボすぎて、笑ってしまう。本当に、凪子は凪子だ。

「こっちきて凪子」

「なんで？」

「いいから」

疑いもせず、ほいほい俺のところまで来る凪子。俺の膝に乗せて、うしろ向きに抱きしめた。

「わあ、なに？」

「お腹いっぱいになりたい」

「食べたらいいじゃん」

まだ残ってるよ、と凪子はテーブルの上のチャーハンを指差す。

「餃子もスープもあるよ」

「食べさせて、凪子」

「えー」

凪子は「面倒くさい」って思い切り顔に書いて唇を尖《とが》らせた。

「大人なのに？」

「大人でも、甘えたいときはある」

堂々と言うと、凪子は少し考えて、それから頷《うなず》いた。

「たしかに」

「な？」

そだね、と俺を見上げた凪子の唇にキス。そのまま凪子の口内に、舌をねじ込む。プリンの味。柔らかで、甘ったるい凪子の口の中。

「っ、ふぁ……んッ」

凪子の、それより甘い声。少し薄い、可愛い舌を誘い出して甘噛みすると、凪子の身体が小さく震えた。唇を離す。つ、と銀の糸。

「……康ちゃん」

「先に凪子にしようかな」

「さ、さっきもしたよ！」

「まだ足りなくて」

首筋にキス。そのまま甘噛みして、……ほんとに食べてしまいたいくらい。胸の、柔らかな膨らみに手を伸ばす。直接触れたくて、凪子の部屋着の裾《すそ》からさっさと手を入れて――少し、笑った。

モジモジと、凪子は脚を動かしている。感じてるくせに、と耳元で言うと、さらに顔を赤くして凪子は唇を尖《とが》らせて――俺にそっとキスをした。

9　揺れるピアス

海風が気持ちいい。海沿いの道に建っている、小さなロッジみたいなお店が今日の目的地。

（ふっふっふ、口コミだと「超美味《おい》しい」らしいからねっ）

佐世保に引っ越して二週間……と少し。引っ越し荷物もなんとなく片付いて、私は佐世保開拓に心血を注いでおりました。今日は人気店ということで、お店が混みそうだったから、あえてランチタイムギリギリの一四時半にやってきてみた。お店に入ると、他にはお客さんが何人か。ふふふ、ねらい通り！

「いらっしゃいませ」

案内してくれたのは、綺麗なお姉さん、って感じの店員さん。緩くまとめた茶髪がセクシー。耳たぶで、金のピアスが揺れた。カウンターの奥で、店長さんかな？　まだ若い男の人がにこりと笑った。無精髭《ぶしょうひげ》みたいなのが生えてて、でも不潔な感じじゃない。ぐるりと店内を見回す。落ち着いたカントリー調の雰囲気で、天井ではぐるぐると羽根が回っていた。

「ご注文はお決まりですか？」

「ええと、このランチセットください」

ほどなくしてやってきたのは、分厚いバンズにこれまた分厚いパテやベーコンが挟まった、美味《おい》しそうなハンバーガー。さてさて、ここはどんなお味かな？　美味《おい》しかったら、康ちゃんも連れてきてあげよう……と一口食べて、目を見開く。

（……美味《おい》しっ！）

な、なにこれ！　すっごい美味《おい》しいよ⁉　思わずバクバク食べ進める。セットのポテトやドリンクには気が回らなかった。とにかく美味《おい》しい！

全部食べ終わって、食べちゃったらなくなるってことにがっかりしてると、ことんと目の前にお皿が置かれた。

「……？」

チーズケーキのお皿だ。ランチセットにはデザートは付いてないはず、と顔を上げると、店長さん（仮）と目が合った。

「あんまり一生懸命食べてくれるものだから」

「え、えへへ？」

気が付けば、今お店には私だけ。店員のお姉さんも、ニコニコとしてくれていた。

「あの、でも」

「いいのいいの」

そう言ったのは、お姉さんのほう。

「いい食べっぷりだったから！」

なんだか断るのも悪い気がして、ありがたくいただくことにした。その間、なんとなくふたりと会話していて――バイトを募集してる、ってことを知る。

「平日のランチタイム、週二くらいなんだけれど――そうなると、逆に応募なくって」

土日は地元の専門学校生や大学生がシフトに入ってくれているらしい。

平日は、近所の主婦さんに来てもらってるけれど、その人がいないときのほんの短時間。

「あー、それだと稼げないですもんね」

「そうなんだよねぇ」

店長さんは首を捻《ひね》る。

「かと言って、週五払える余裕はない……」

「ま、仕方ないわよ。のんびり探しましょ」

お姉さんと店長さんは、なんだか気やすい感じ。あ、ご夫婦かな？　なんとなく雰囲気も似てる。

（週二、かぁ……）

実のところ、前の仕事……契約社員は、辞めてしまっていた。ほぼ在宅とはいえ、出勤できないから。康ちゃんは「家にいても仕事しても、凪子の好きにしたらいい」と言ってくれている。

（……いいかも？）

正直、まだここでの生活に慣れないし――せっかくだからここでアルバイトさせてもらおう……とか、わがままかな？　恐る恐る提案してみると、ふたりは諸手《もろて》を挙げて歓迎してくれた。

「た、助かるよー！」

「観光じゃないの？」

「あ、はい。あー、だん……しゅじ……おっ……家族の」

なんか照れる！

「転勤で、最近こっちに来てー」

「どちらから？」

「横須賀です」

「あ、旦那さん海自さんか」

「ですです」

旦那さん。なんか、照れる。ひとりで赤くなっていると、お姉さんに「あらヤダ新婚だったり？」とからかわれて、アタフタと頷《うなず》いた。

とりあえず、明日履歴書を持ってまた来ますってことになって、お店を出た。それからバスに乗って家の近くのスーパーの前で降りる。

「あ、これも康ちゃん好きなやつ」

なんか、……ついつい、彼の好きなものに目がいく。イカのお刺身も買っちゃおう。あのヒト、これ好きなんだよ。しかし、新鮮だ。とれたてなんだろうな。お魚がとれる海の近くっていいなぁ！

康ちゃんの好きな種類のヨーグルトが特売で、それもカゴに入れる。……あ、これ康ちゃんが「うまい」って言ってた種類のトマトだ。サラダに入れよーっと。そうだ、海鮮サラダにしようかな？　前、すっごく喜んでた。

気が付けば、お店を出るときには両手に大荷物。買いすぎたかなあ？

帰宅してご飯を作っていると、スマホに康ちゃんから連絡がきていた。

「あ、今日早いんだ～」

なんだか嬉しくなって、キッチンでくるっと回った。わーい康ちゃん帰ってくるって！

「先にお風呂掃除しちゃお～」

洗面所の前で、ふと鏡に映った自分を見て……思う。今日のお姉さん、美人だったなぁ。

「……美人にはなれないけど」

うにうに、と自分の頬を摘まむ。そうだ、ピアスくらい真似《まね》しよう。なんか揺れるピ鏡のむこうで、金のピアスがちゃらりと揺れた。

「……好きって？」

ピアスをつけながら、首を傾《かし》げた。好きだから、なんだろう。なんで私は揺れるピアスなんてものをつけてるんだろ？　もう一度、首を捻《ひね》る。

アスって、男の人好きって――

10　揺れるピアスと俺の嫁（康平視点）

凪子が可愛い顔で可愛いことを言うからびっくりした。

「ねえねえ、これかわいい？」

帰宅して、玄関先で出迎えてくれた凪子は、なぜだか少しテンションが高い。

そうして聞かれた「これかわいい？」……これってどれだ？　というかだな、全部可愛い場合はどう反応すべきだ？　固まっていると、凪子はシュンとして、ピアスを弄《いじ》る。

「……ごめんね、なんか」

「いや違う、可愛い。凪子は可愛い。可愛い」

壊れた玩具《おもちゃ》のごとく可愛いと繰り返す。

「ただ全部可愛くて、どこを指しているのかわからなかったんだ」

「ううん、いいの。気を遣わないでね。ただね、男の人ってこういうの好きって聞くから」

「こういうの？」

凪子はピアスを指で弄《いじ》る。

「揺れるピアス？　康ちゃんがどうかは知らないけど」

ちょっと上目遣いに、眉根を寄せて――

「好きだ」

反射的に告白してしまった。ピアスじゃなくて凪子が。当の凪子はクスクスと笑う。

「もう、いいってばー。なんか少しセクシーになるかなぁって～」

「セクシー……か、どうかはわからないが」

凪子を腕に閉じ込めた。少し混乱している――凪子は、なんでこんな可愛いことを急に言い出したんだ？『康ちゃんがどうかは知らないけど』ということは――俺のために、このピアスをつけたんだろう。俺が凪子を「セクシー」と思う、ように？　それって、つまり、……ええと？

「凪子はものすごく、俺を煽《あお》るのが上手だ」

「……え、なんで？」

抱きしめて、唇を重ねる。ちゅ、ちゅ、と何度も角度を変えながら軽いキスを何度も。

何回キスしても足りない。

「……康ちゃ、ん」

「なんだ？」

凪子はもじもじしている。染まった頬に、潤んだ瞳。ピアスが揺れる。

「そういうちゅー、されてたら……えっちくなるからやめよ？」

「させたくてしてる」

「え、バカ！　晩ご飯中なのに」

「うん」

生返事をして、凪子を肩に担ぎ上げた。

「わー米俵《こめだわら》みたいにされてる」

「逃げないように」

「だから晩ご飯……」

リビングのソファに下ろして、凪子の顔を覗《のぞ》き込む。

「晩ご飯、まだできてないの」

「手伝うから」

「……んー」

迷ってるふりをして、期待してる瞳。

ソファに座って、凪子を膝に乗せた。うしろ向きに抱きしめるように——そのままスルリとカットソーの裾《すそ》に手を滑り込ませる。凪子の柔らかな乳房。

まったく可愛い。

「ふ……っ」

「柔らかい。手が気持ちいい」

「そ、おなの……？」

凪子の、ピンと勃《た》った先端を潰すようにぐりぐりと弄《いじ》る。

「っ、ぁ、ふぁあっ」

びくりと凪子は背中を反らせるようにして、甘い声で啼《な》く。その首筋に舌を沿わせた。

「あっ、あっ、あ」

ぐにぐにと、その柔らかな胸を揉みしだく。俺の手に合わせて健気《けなげ》に凪子は喘《あえ》ぐ。凪子の赤く染まった耳朶《じだ》を食《は》む。

「や……っ」

「凪子、膝開いて」

「へ？」

「こう」

ぐ、と凪子の膝裏を持ち上げて、脚を開く。スカートの裾《すそ》が、さらりと太腿《ふともも》まで落ちる。

「や、だよっ」

「うん」

ぺろり、と凪子の耳の窪《くぼ》みを舐める。高い声で凪子は喘《あえ》いだ。内腿《うちもも》を撫でると、凪子ははふはふと呼吸を繰り返しながら……ちらりと俺を見上げてくる。触って欲しいんだろうな。ヌルヌルにぐずついた凪子のソコを想像して息を呑む——けれど。

「どうした？　凪子」

「あの、えっと、えっと」

恥ずかしそうに、凪子は俺をチラチラと見る。俺はただひたすら、凪子の耳の軟骨を甘噛みしつつ、滑らかな凪子の内腿《うちもも》を指で撫でた。もう片方の手では、変わらず乳房と、その先端を弄《いじ》りながら。

「康ちゃん、康ちゃん」

凪子は切なそうに言う。はあはあと息が上がっている。頬も耳たぶも真っ赤だ。

「お願い、触って、指で、して」

「なにを？」

「こ、こ」

凪子は俺の手を取り、自分のソコへと俺の指を誘う。下着越しでもわかる。グチョグチョに濡れている、凪子のソコ。

「ここ、どうするんだ凪子？」

「こ、康ちゃん意地悪っ」

凪子は自分から——自分から！　下着のクロッチ部分をずらして、ソコを露《あら》わにする。

「いつもみたいに、して……」

俺が欲しくて欲しくて仕方ない、凪子の「おんな」の顔。どくんと血液が沸騰《ふっとう》しそうな、そんな煽《あお》り顔。半開きの唇から覗《のぞ》く、ちろりとした可愛い舌！　ずぬ、と指を凪子の狭《せま》いナカに埋《うず》めていく。

「あっ……！」

凪子の、どこか満足そうな嬌声《きょうせい》。ナカで動かし出すと、凪子は脚を自分から大きく開く。

「あっ、やっ、あ、あんっ、きもちぃ、きもちいいよおっ、康ちゃぁんっ」

「ここは？」

凪子の、もうぷっくらと赤くなった肉芽を親指で潰す。

「——ッ！」

凪子の腰がビクンと跳ねる。

ナカの肉襞がきゅきゅっと締まる。

「もうイったのか、凪子」

「……うん……」

凪子はくてん、と俺に身体を預けた。

「康ちゃんと結婚して……私」

凪子は喘《あえ》ぐように息をしながら、続ける。

「えっちな身体に、なっちゃった……」

「凪子……！」

「ええ……？　なんで怒るの……？」

凪子、自分がなに言ってるのかわかってるのか！　とろんとした、そんな顔で、そんな声で、……素か⁉　素でそんなこと言ってるのか⁉

「怒ってない。凪子が可愛いこと言うから理性がブチ切れただけだ」

「な、なぁにそれっ、やぁあんっ！」

グチュグチュと、凪子のナカに入れる指を増やしてかき回す。

「やっ、やっ、らぁめっ、やめっ、ぁあっ、なんか、きちゃう、やめっ、康ちゃんっ、康ちゃ」

空気を入れるかのようにぐちゅんぐちゅんと攪拌《かくはん》する。凪子の声が切なく甘くなっていく。

ゆるゆると、眉根をきゅっと寄せて凪子は健気《けなげ》に首を横に振る。

「ぁあ、っ、康ちゃ、ほんとに、だめ、おかしくなっちゃう、来ちゃう、ほんとにっ、だめっ、だめっ、だめ――！」

ぴん、と凪子は爪先《つまさき》まで綺麗に反って、そうして——凪子から液体が溢れた。

温かいその液体。

「ぁ、……ぁ」

凪子はだらりと俺にしなだれかかって、ぴくぴくと腹を痙攣《けいれん》させながら、なにが起きたかわからない顔をしていた。

「べしょべしょだな、凪子」

「あ、……っと、ぅ、ん……？　なにが……」

混乱している凪子に、俺は仄暗《ほのぐら》い喜びで心がいっぱいになる。

「凪子、……潮噴いたの、初めて？」

「し、しお？　あれ都市伝説だと思ってた……」

ぽかん、としてる凪子の頬にキスを落とした。——そうか、初めて……だったのか。

凪子の「初めて」を手にできたことに、俺は酷く血が沸き立つような充足感を覚えて——そのまま彼女を押し倒したのだった。

11　あれ？　寂しい

佐世保バーガーのお店でアルバイトするようになって、はや二週間。

「えーっ、それはクソ野郎ですねっ」

私が玲香《れいか》さんにそう言うと、玲香さんは「そうでしょ？」と眉をひそめた。緩くまとめた茶髪と、耳たぶの金色ピアスがちゃらりと揺れる。

「だから別れて佐世保に帰ってきたの」

玲香さんは、私がここに初めて来たときに接客してくれた「お姉さん」。店長さんは玲香さんの双子の弟で、姉弟《きょうだい》でこのお店を経営しているらしい。似てないですね？　って私のぼけっとした質問に「そりゃ男女だと二卵性だからね」と答えてくれた。そりゃそうだ！　普通のきょうだいくらいの似方だよー。

そんな玲香さんは三十代なかばの、シングルマザー。結婚して福岡《ふくおか》で暮らしてたけど、三年前に離婚して帰ってきたらしい——と、いうのも。

「えーと、モラハラ野郎？　っていうんですか、そういうのって」

「そーそー。元旦那、すっかり正体隠して結婚してくれちゃってさ！」

玲香さんは思い出すとやっぱりムカつくらしく、レタスを千切りながらプリプリしている。

「俺の稼いだ金で養ってやってるんだぞ、とか、なんで月二万で生活できないんだ、とか」

「に、二万⁉」

ええっと、うちの光熱費いくらだっけ、食費は⁉　……あ、もうちょっとちゃんと管理しよう……

「食費光熱費通信代込みよ！　っとにもう！　……お前なんか寄生虫みたいなもんなんだからな、とか言われたなぁ！　切迫早産で入院中に！」

「にゅ、入院中に……⁉」

切迫早産って、すごい大変なんじゃないっけ……！　友達のお見舞いに行ったことあるけれど、腕中に薬の点滴の跡だらけ。まるでアザみたいになって――

「寝てるだけでいいご身分だな、とかさんっざん！　誰の子供だと思ってんのよねぇ！で、子供産まれたらすぐ働けよ、病気じゃねーんだから、とか！」

すぐ――って、ほんとに産んですぐそのまま働けるように、知り合いの飲食店に勝手に話を通したらしく。ブチ切れた玲香さんは、身重のまま離婚。凄腕の弁護士にツテがあったとかで、慰謝料と養育費は「ケツの毛がツルツルになるほど」むしりとった、らしい。

出産後、働き口を探していたところ、ちょうど大阪《おおさか》で料理人をしていた店長――双子の弟、理《おさむ》さんがこっちでお店を開くことになり、そのまま一緒に働くことになった、のだとか。

「理にはメイワクかけちゃったけどねー」

「そう思うんなら、もっと丁寧にレタス千切ってくれん？」

裏口から、炭酸水の瓶のケースを運び込みながら理さんが笑う。

「そんなブチブチ千切らんとって」

「ごめんって～」

「ごめんな鮫川さん、玲香の愚痴《ぐち》なんか聞かせて」

店長は目を細めて笑う。笑うとふたり、似てるかもなぁ。

そんな店長に「いえいえ」と私は首を横に振りながら――そういえば、私も誰かに似たようなこと言われてた気がするなぁ、なんて思った。寄生虫、寄生……？

「……誰だっけ？」

頭を捻《ひね》るけれど、全然思い出せない。……ま、いっか。

そのあとは開店準備を三人でこなす。ふたりとも息が合ってる感じですごいなあ、なんて（私なりに）手を動かしながら考えた。さすが双子、だよなあ！

そうして――開店。今日は平日だけれど、お昼時は結構な混み方になる。地元の人もいるけれど、ほとんどが観光客だった。

からん、とドアベルの音がして、私は反射的に笑顔で振り向きながら「いらっしゃいませ！」と大きめの声で言う。言いながら――少しびっくりした。むこうも少し驚いているみたいだった。

だって、そこにいたのは……元カレの、裕之だったから。

「なんでいんの？」

お水をテーブルに持っていくやいなや、裕之はじとりと私を見てそう言った。

「なんでって……」

ちらり、と裕之の「お連れ様」を見る。まだ若い女の子。……二十歳《はたち》そこそこ、みたいな？　少し派手目な女の子。きょとんとして私を見てる。気まずいじゃん！　……なんて説明する気なのかな。

「旦那の仕事で」

あえての「旦那」強調。この女の子のためにもね。

「へーぇ。転勤？」

うん、と頷《うなず》くと裕之は目を細めた。

「もちろんフルタイムだよな？　週何回入ってんの？」

なんでそんなこと気になるのかな？　不思議に思いながら「二回だけど」と答えた。

「はー!?」

心底驚いたような、……同時に嘲《あざけ》るような言い方。

「じゃあ他の日さあ、なにしてんだよ」

「え、家のこと、とか」

佐世保開拓とか。あとは新婚旅行の写真整理。康ちゃんが帰ってきたらアルバムプレゼントするんだー。首を傾《かし》げてる私に、裕之は言う。

「なんだよ、結局寄生してんじゃん！」

裕之は顔を歪めて言うけれど――私はボケーっと思い出していた。

そーだそーだ、玲香さんの話で思い出してたの……寄生だの寄生虫だのって……そーそー、裕之だ。すっかり忘れてた。

連れの女の子が「は？」みたいな顔になってる。

「女って甘えすぎなんだよ。いいよなぁ～気楽でー。いざとなればテキトーに結婚して適当にバイトしてニートすりゃいいんだもんな！」

裕之は偉そうに鼻で笑う。……私、なんでこの人と付き合ってたのかなぁ。

「だいたい働いてても気楽だよなぁ。いつ辞めてもいいって思ってんだろ、女なんか。お前も無職になったときヘラヘラしてたもんなぁ？」

うーん、と私は首を傾《かし》げた。

「……なんだよ」

「ううん、人生の時間を無駄にしちゃったなぁって」

「は？」

鼻白《はなじろ》む裕之を見ながら思う。もっと早く康ちゃんと付き合ってたら良かった。……って、そのときは康ちゃんも彼女とかいたかもな。てことは、無職になって裕之に捨てられて、私むしろラッキーだったんだ。それで康ちゃんと結婚できたんだもんねー。タイミング万歳。

「裕之」

「なんだよ」

「フってくれてありがとう」

「はー？」

顔を歪める裕之。あ、そっか。裕之的には別れてなかった……んだっけ？　ま、いっか。

「ねえ、ところで注文は……」

そう言いかけたとき、背後に「禍々《まがまが》しいオーラ」を感じた。まさしく「殺気」と言ってもいいような……

私はバッと振り向く。

そこには玲香さんが、メドゥーサのように髪をおどろおどろしく逆だてて……というのはさすがに幻覚だったけれど、顔だけは鬼のような形相で私のうしろに立っていた。

「れ、玲香さん？」

「理ゥ！」

玲香さんが低く叫ぶ。

「塩持ってこい、塩ッ！」

「こら玲香、やりすぎ」

カウンターから理さんが出てきて、裕之を穏やかに促《うなが》す。

「お客様、申し訳ありませんがお引き取り願います」

「……っ、は⁉　なんだよ、オレは客だぞ！」

理さんが裕之に目線を合わせた。裕之はびくりと肩を揺らす。

「帰れ」

「……きゃ、客は神様なんだろ⁉　大事にするもんだろうがっ！」

「てめえは疫病神《やくびょうがみ》だよ」

そのあとはぽいぽーい、って感じで裕之は店から放り出された（比喩《ひゆ》だけど）。

「っ、おい、帰るぞ！」

扉のところで裕之は叫ぶけど、連れの女の子はツンとして「あたし食べて帰る～」と唇を尖《とが》らせた。

「それからぁ、もう連絡してこないでね～」

「は⁉　て、てめえもう指名しねえぞ！」

「いーよー。別にヒロくんいなくたって売り上げ大して変わんないもぉん」

ていうか、もう出禁だからねっ！　と女の子に舌を出されて、裕之は舌打ちしながらお店を出ていく。からん、とドアベルが響いて——地元のお客さんが爆笑した。

「あれは玲香ちゃんの地雷踏み抜いたな！」

「理もえらいぞ、ねーちゃんとなぎちゃん守って！」

観光客も、なんかすっきりした顔をしていた。うん、なんか良かったのかな？

理さんが苦笑いしながら、いまだフンフン鼻息荒い玲香さんをキッチンまで引っ張っていく。

「あ、すみません。ランチセットのこれ、ください」

女の子がにこりと注文する。頷《うなず》く私に、女の子は言う。

「あたしのママね、あたしが小学生のときに過労で倒れたの」

「……え」

「パパがヒロくんみたいな感じのヒトで。女はいいよな楽だよなって。ママ、あたしとお兄ちゃんと弟育てながら働いてて、あたしたちもあんまり手伝えてなくて、だから家事もママが全部やってて。でもパートだから気楽だよなってパパは言ってて……ママ倒れても変わんなかったから、家族みんなでパパ捨てちゃった！」

女の子はそう言って、グラスのお水を一口だけ、飲んだ。それから笑う。

「あ、デザートもつけてください」

「は、はい」

私は頷《うなず》いてカウンターへ向かう。キッチンに注文を伝えると、玲香さんがおでこに手を当てて「ごめーん」と出てきた。

「あれ、元カレ？　ふられたとか言ってたから」

「ですですー。マジ人生の無駄でした～」

「わかる」

玲香さんは心底、って感じで頷《うなず》いた。

「でも今はラブラブ新婚さんだもんね～。いいないいな」

「ら――」

ラブラブ⁉　らぶらぶとはなんぞや……と固まっている間に、玲香さんは「そういえば」と首を傾《かし》げる。

「らぶらぶな旦那さん、明日からしばらくいないんだよね？　寂しくない？」

「あ、そーなんですよ」

ラブラブ、はとりあえず置いておいて頷《うなず》いた。

二週間くらい、だけれど……康ちゃんは訓練で海上の人（こんな言い方ある？）になるらしい。多分、今回は短いほうなんだろうけれど……はっきりした期間は教えてくれなかった。

「でも婚約中は二ヶ月くらいいない時期もありましたんで、大丈夫です」

そんな風に、余裕ぶってた、のに……私は寂しくて――眠れない。

横では康ちゃんがスヤスヤ眠っている。私は横目で康ちゃんを見る。規則的な寝息、上下する胸部。じわり、と目頭が勝手に熱くなる。明日からしばらく、寝るときにこのぬくもりは横にない。

「……っ」

私はころん、と寝返って反対を向く。

「……っ、ふ、う」

嗚咽《おえつ》を堪《こら》えようとするけれど、勝手に涙は溢れて。ふー、と熱い息を吐いたとき、康ちゃんが動く衣擦れの音がした。

「凪子？　どうした」

少し、焦ったように。

「なにがあった？　どこか痛いのか」

おろおろと彼は起き上がって、私の顔を覗《のぞ》き込む。泣いている私を抱き上げて、あぐらをかいた自分の膝に抱え込んだ。ぎゅっと抱きしめられて、私は自分の旦那さんにしがみつく。

「凪子、凪子」

心配そうな康ちゃんの声。私はもうほとんど泣きじゃくりながら、彼のあったかさを感じていた。

「康ちゃ、ちがう、痛くない」

「そ、そうか」

じゃあどうした、怖い夢でも見たか？　と私の頬を撫でて彼は言う。

その言い方に、ほんの少し笑ってしまった。

「子供じゃないんだから」

「そうか、悪い」

私の背中を撫でる、優しい手。だから、私はぽつり、と呟いてしまう。「寂しい」って。

「寂しい？」

ぽかん、と康ちゃんは繰り返す。私は一気に赤面した。

「だ、だって！　ここしばらく、一緒に寝てたのに――明日からいないの、寂しいよ」

「……うん」

康ちゃんはなんとも言えない顔で、私を抱きしめ直す。

「む、なにそのカオー」

「ごめん凪子、……俺も寂しい」

「寂しいって顔してないよ！」

「寂しいんだが……凪子が、寂しがってくれてるのが嬉しくて」

「なんでっ」

私は彼を見上げて唇を尖《とが》らせる。

「なんで？　意地悪なの？」

「違う、違う凪子……そうじゃなくて。でも、ごめん」

康ちゃんは、なんだか幸せそうで。

私はむにりとその頬を摘まむ。

「私は寂しくて死にそうなのに、なんでそんなにニコニコしてるのっ」

「凪子が俺のことを考えてくれているのが、嬉しくて」

「ずっと考えてるよ？」

私の答えに、康ちゃんは絶句して——そのまま私にキスをした。それも、とびきり濃厚なやつ！

「……っ、ぷは、急になぁに！」

「……俺もずっと凪子のこと考えてる。海を見ても空を見ても、魚雷を見ても凪子のことを想う」

「魚雷……？」

首を傾《かし》げる私に、康ちゃんは何度もキスをしてくる。頭に、おでこに、耳に、頬に、鼻に。

「ずっと。ずうっと」

「バカ康ちゃん、お仕事しなさい」

むにむにとその両頬を摘まむと、康ちゃんは幸せそうに目を細める。

でも、気が付く。その瞳が、ほんとに「寂しい」って言ってるって――わかったから。

「寂しいの？」

「寂しい。けど」

ちゃんと仕事してくるから、凪子はここで待ってて。康ちゃんがそう言うから、私はバッチリ頷《うなず》いてあげる。どうやら康ちゃんも寂しいみたいだから――お互い様、みたいだったから。

「待っててあげるから、ちゃあんと帰ってきてね」

「ん」

康ちゃんはなんだかフニャフニャ頷《うなず》く。まったくもう、そんなで海の男なのかなぁ！

私は船酔いに効くツボをぎうぎう押してあげながら、涙をこっそり彼のパジャマで拭いちゃったのでした。

12　色気？

「凪子」

康ちゃんの優しい声。私は寝ぼけまなこのまま、私の髪を穏やかに梳《す》く康ちゃんの指のあったかさを感じている。落ちてくるキス。——康ちゃんの、におい。私の髪に触れていたはずの指が、気が付けば壊れ物にでも触れるように、そっと私の乳房の……欲しがってる先端をくちっと摘まんで。

「……は、ぁ」

思わず漏れた、熱い息。

（あれ？）

くらくらしながら、私は思う——いつ裸になったのかな？　康ちゃんも、裸で。……鍛えられた身体。うっとりと眺めて、つ、と指で康ちゃんの腕に触れていく。康ちゃんが息を呑む。そうしてその口で、先端を咥《くわ》えて。唇だけでむにむにと噛まれる先端に、神経が集まったみたいにキュンキュン感じて。

「や、っ……康ちゃんっ」

びくりと反応した私に、康ちゃんは楽しげに熱い口腔《こうこう》でそこを弄《もてあそ》ぶ。ぐちぐちと舐められて、吸われて甘噛みされて——

「ぁあっ、あっ、あっ、あ……！」

知らずに開きかけた脚を、康ちゃんはぐいっと開く。そうして、すっかり濡れたソコに指を這わせて……ためらいなく、指を埋《うず》めた。

「ぁあっ！」

お腹側の、ナカの浅いところ……いつも康ちゃんに指でされて、気持ちいいソコをくちゅんくちゅんと淫《みだ》らな音をさせながら擦りあげられて——私は壊れたみたいに声を上げた。

「あっ、あっ、あ……！　きもち、いっ、康ちゃ、康ちゃんっ」

康ちゃんは私にキスをする。くちゅ、とお互いの唇が触れ合うイヤらしい水音。蹂躙《じゅうりん》される口の中が、気持ち良くてフワフワしてくる。

離れる唇、抜かれる指。とろり、とナカから淫《みだ》らな水が溢れた。ぼうっ、と康ちゃんを見つめる。ぎらぎらした瞳。なのに、表情はとっても甘くて戸惑う。

ぐい、と康ちゃんは膝の裏を押すように私の脚を広げて——そうして屹立《きつりつ》した康ちゃんのを、私のナカに押し入れてくる。

「凪子、愛してる」

「ま、たそれぇ……っ、ふぁあっ！」

そんな顔で「愛してる」はほんとなし！　反則ッ！

だってほら、心臓のドキドキが増しちゃうし、なんかキュンとしちゃうし、子宮疼《うず》いてすぐにイってしまう——イっちゃってくてん、ってしてる私の両頬を、康ちゃんはそのおっきな両手で包み込む。

「凪子」

甘い声で呼ばれて——鼓膜が痺《しび》れたみたいになってしまう。

（な、なにそれー！）

そういう声もずるいよう！

康ちゃんの幸せそうな顔を見てると、やっぱり「へにゃん」とか「ふにょん」みたいな緩い顔で笑い返しちゃってる……と思う。

（あ、痛い）

なのに、なんでか胸が痛い。でもそれは、どこか甘い痛みで。切なくて、苦しくて、幸せで嬉しい。

（なに、これ？）

こんな感情、知らないよ。

フワフワに蕩《とろ》けてる頭はうまく働いてくれなくて、この感情になかなか名前をつけることができない。

私が甘い困惑でフニャフニャしてる間に、康ちゃんはまたゆっくりと動き出す。どろどろに蕩《とろ》けた私は、きゅんきゅん吸い付きながら康ちゃんのを受け入れて――それが奥にぐっと当たった瞬間に、頭の中がスパーク。ぎゅうっと目を閉じた。

「ぁあああ……っ！」

絶頂が身体を駆け巡って――くてん、と身体から力を抜いて、目を開けた。


「……あれ？」

ぽかん、と天井を見上げる。いつもの天井。いつものベッド。

違うのは、康ちゃんはかれこれ一週間、家にいなくって……私はひとりで、寝てて。

もちろん、パジャマだって着てる。

「夢？」

ほう、と身体から力を抜きながら……康ちゃんの夢見ちゃったなぁ、なんて思いつつ……一気に赤面した。

「ひゃぁぁあ⁉」

思わず頬に手をやる。熱い。わ、私、私……っ、ゆ、夢で康ちゃんとエッチして、イっちゃったぁっ！　身動《みじろ》ぎして、自分のソコがヌルついてる……どころか、ビショビショだと気が付いた。ひ、酷いよう。

（な、なんで……⁉）

ふ、と抱きしめるようにしてた「それ」に気が付く。康ちゃんのTシャツ。……洗ってない。康ちゃんのにおいがするから。これのせいかぁ。むう、と眉をひそめた。まったくもう、康ちゃん、康ちゃんったら。

「……康ちゃんなしじゃ生きていけない身体になっちゃった」

それってなんか、とってもヤラしいような。……ま、いっか。夫婦なんだし。

「起きます」

起き上がって、ぐ、と背伸びして——とろり、とナカからまた私の欲情の液体が溢れた。ほ、本当にもう、もう！　康ちゃんのせいなんだから！

シャワーを浴びて（さすがにね）着替えて朝ごはんを食べて……バイトに向かった。

出勤すると、もう店長は来ていて、「おはよう」とにっこり笑う。

「おはようございます」

「今日は晴れとるねぇ」

ですねえ、と言いながら黒のエプロンをつける。私服にこれが、ここの制服。

「……？」

ふと視線に気が付く。店長が不思議そうに私を見ていた。

「どうしましたー？」

「いや、……なんかいつもと雰囲気ちがう？」

「へ？」

窓ガラスに自分を映してみた。白いTシャツに黒パンツ、いつも通りのテキトーカジュアル。

「違いませんよ」

「髪切っ……てない、か。なんやろう？」

私は首を横に傾《かし》げた。店長も首を捻《ひね》って、それから「わ」と慌てたように言う。

「ごめん、セクハラやったかな⁉」

「いえいえ」

私は首を振る。店長も少し笑って、キッチンに向かっていった。テーブルを拭いていると、お子さんを保育園に預けた玲香さんが出勤してくる。

「おはよー」

「おはようございます」

玲香さんは今日も綺麗。ぽけっと見てると、玲香さんは「ん？」と私を見る。

「雰囲気違う？」

「あれ、それ店長にも言われました」

「セクハラやん！」

「あはは」

「まぁ、なんていうか――色気？　なんか、色気あるよ今日」

「うそー」

セクシーな玲香さんに言われると、ちょっと満更《まんざら》でもない。

（色気ある、かぁ）

初めて言われちゃったなぁ。普段ぼーっとしてるからなぁ。

「ま、実はちょっと前から雰囲気変わってきてるな、とは思ってたのよ」

ニヤリと玲香さんは笑う。

「理もやっと気が付いたか。我らが凪子ちゃんのセクシーさに。まったく鈍いのよねあいつ」

「セクっ……⁉　なんですかそれー」

「あたしのカンだと、……旦那さんのせい、かな？」

旦那さん、って単語に、朝方見た夢を思い出す……いやいやいや、昼日中《ひるひなか》になに思い出してるの、私！

「やっぱりね～。今ラブラブなんでしょ？　旦那さん」

らぶらぶ……？　またもやそれか、と首を傾《かし》げた。相変わらずラブラブかどうかは、わからないけれど（ていうか、らぶらぶではないと思われる）。

「それはわかんないんですけど。康ちゃん……あ、えっと、だん、おっ、しゅ……えっと」

「旦那さん、こーちゃんって言うのね？」

「は、はい」

いまだに照れる！　もう！

「とにかく私、康ちゃんなしじゃ生きていけないカラダになっちゃっては、います」

玲香さんは少し目を瞠《みは》って——それから「やっぱり旦那さんか！」と少しだけ、笑った。

13　秘密（康平視点）

二週間と少しぶりの我が家と、凪子。

「おかえり、康ちゃん」

玄関先で出迎えてくれた凪子の雰囲気が少しいつもと違ってて——焦る。

少し瞳が潤んでるように見えた。頬も心なしか赤い、ような。ほんの少し開いた唇から覗《のぞ》く可愛らしい舌に、思わずむしゃぶりつき——

「康ちゃん？」

はっとして平静を装って「ただいま」と告げて、触れるだけのキスをした。いくらなんでも、久しぶりの帰宅でいきなり押し倒すわけには……。こう、もっと大切に、細やかに。留守中なにもなかったか、とかそんな話も聞きたい。

瓜子は嬉しそうに俺に抱きつく。

「寂しかったよー」

「うん」

俺も、とそっと耳元で言うと、甘えるように瓜子が俺の胸に頬を寄せる。

可愛さは暴力だ。

心臓がこれでもかと脈打つ。瓜子がほんの少し笑う。

「康ちゃん、なんかどきどきしてる。なんで？」

瓜子が手を伸ばして、俺の頬に触れる。

「久しぶりに会ったから」

「私もどきどきしてるよ」

瓜子が俺の手を取る。そうして、自分の胸に当てて。

「ね？」

はにかむように、笑って——あ、やっぱり無理。噛み付くようにキスをした。瓜子の口の中を、味わって。瓜子の歯、柔らかな頬の内側、瓜子の好きな上顎《うわあご》を舌でつつく。

「ふ、ぁ……」

唇を離す。凪子の顔は、すっかりとろん、としていて……

「あのね、康ちゃん」

凪子は眉根を寄せて、俺を見上げてどこか懇願《こんがん》するように言う。

「私ね、……康ちゃんなしじゃ生きていけないカラダになっちゃった、みたい……」

「凪子！」

思わず叫ぶ。なんだ、なんだそれ！　どういう意味なんだ！

「康ちゃん怒ってるの？」

「怒ってない、可愛さで理性がブチ切れただけだ」

「ブチ切れ？　前も言ってたけどそれなに」

不思議そうな凪子を抱え上げる。そのまま寝室に直行した。

ぽすん、と凪子をベッドへ下ろす。凪子は目を細めて俺を見ている。幸せそうに。

「ふふ、康ちゃんだ、ほんものの康ちゃんだ」

「ほんもの？」

「んー？　なんでもない」

凪子の上にのしかかるようにしている俺に、凪子は頬を赤くして肩をすくめる。

軽くキス。それだけで身体がどんどん熱くなって――。身体を離してさっさと服を脱ぐと、凪子がじっと俺を見つめる視線とぶつかった。

「私も脱いだほうがいい？」

凪子が身体を起こして、ぽいぽい、と服を脱ぐ。

「……見ないで？」

「いや無理だろう」

見るだろう、それは——と、気が付く。凪子の下着。

「……あの、可愛いかなぁって」

「可愛いというか」

なんと言えばいいのか。明らかに、それは実用性よりも男の劣情を煽《あお》る目的で作られたような、それは……今日のために、わざわざ？

「変かなぁ」

眉尻を下げる凪子の手を取る。

「変じゃない。可愛い。エロい」

「……セクシー？」

「うん」

凪子は嬉しそうに頬を染める。ああ、もうだめだ、死にそうなくらい可愛い……

「あ、さっきよりおっきくなってる」

「……ん」

凪子の指が、屹立《きつりつ》した俺のに触れる。だらしなく、すでに先端に露《つゆ》が溢れて、凪子に挿れたくて仕方ない、そこに。

「……っ」

触れられただけで、ぴくりと身体が震えた。凪子は少し嬉しそうにしている。

「久しぶり、だから？」

小さく頷《うなず》いて、凪子の頭を撫でた。凪子は微笑《ほほえ》みながら、少しいたずらっぽく俺を見上げる。

「ねえ康ちゃん……こんなの、すぐイっちゃうね？」

「だろうな」

挿れた瞬間イく自信がある。一回で終わるつもりはないけれど――と、凪子がふと身体を屈めた。

「凪子？」

「いっかい、イっちゃお、っか」

凪子の柔らかくて熱い口内に含まれていく俺の――

「凪、子っ」

「んんっ」

苦しそうにしながら、それでも吸い付いて、少し不器用に舌を動かす凪子。

「っ、康ちゃ、おっきくしないで」

「悪い」

反射的に謝ったけれど、不可抗力だと思う。ぺろぺろ、と凪子が裏側の線をつぅと舐める。思わず動きそうな腰。先端だけを口に含まれ、ちゅ、ちゅ、ともどかしく動かれて——喉の奥まで突っ込みたい欲求にグッと耐える。

凪子と目が合う。とろとろに欲情している凪子の目。——やっと気が付いた。凪子が、いつもと違うところ……やたらと、エロい。

気が付いたら、ねだるように凪子の後頭部に触れていた。もっと、奥に——凪子は小さく微笑《ほほえ》んで、俺を深く咥《くわ》えてくれる。

「……っ」

じゅぷじゅぷ、とワザとなのか無意識なのか、眉をひそめ苦しそうに、俺がキモチイイようにと必死で動く凪子に、湧き上がる吐精欲。

「っ、凪子、口《くち》」

離して、と言ったときにはもう射《で》ていて。

「んっ」

苦しそうに凪子は呻《うめ》いて、でも口から離さずに……俺はただ、ゆるゆる腰を動かして吐き出してしまう。つぷん、と口を離した凪子は、なんだか妙な顔をしてコクリ、と喉を動かした。

「……凪子」

呑んでしまったらしい凪子は首を捻《ひね》って——「変な味」と呟いた。

「初めて呑んだ」

えへへ、とまるで照れたように俺を見上げる凪子は、——あられもない格好をしていて、信じられないくらい「エロい」雰囲気で……なのに、まるで処女《おとめ》のような微笑《ほほえ》みで。

暴力的なほどに湧き上がる愛情。狂おしいほど、君が好き——

「凪子」

抱きしめて、キスをする。応《こた》えてくれる凪子の口の中は、俺の味でいっぱいで……唇を離して、見つめ合う。

「本当に変な味だな」

「康ちゃんって時々バカだよね」

凪子が笑うから、俺も笑う。それからふと、尋ねた。

「そういえば、さっきの『本物の俺』ってなんだったんだ？」

「……ん？」

「俺なしじゃ生きていけない、ってのも」

んー？　と凪子は目線を逸《そ》らして「ひみつ」と笑うから——俺は凪子を押し倒す。

「あ、れ？」

「秘密なら話してもらうだけだが」

「なにされちゃうのかな？」

不審そうな顔をしているくせに、期待と好奇心でいっぱいの子猫のような顔をして——凪子が小首を傾《かし》げたから、俺は今日は遠慮しないことを勝手に決めて、彼女の可愛らしい下着に手を伸ばしたのだった。

14　凪子のくせに（裕之視点）

凪子がやたらとエロかった。

長崎支社に赴任して何週間かした日のこと——取引先に連れて行ってもらったキャバクラで知り合ったオンナを連れて、佐世保までドライブに行ったときのことだった。そいつが「行きたい」って言ったご当地バーガーの店、そこに、凪子がいた。再会した瞬間に気が付く……なんか雰囲気がエロい。なに、オレと別れて雰囲気変えちゃってんの？　……それか、欲求不満、とか……？　相手してやってもいいけどな、と内心ほくそ笑む。

どのタイミングで切り出そう、と世間話をしていたら、なぜかそこの店長夫妻（……？）に店を追い出された。

（くそっ、客は神様なんだろ⁉）

店から摘まみ出されながらホゾを噛む。ムカつく！　腹が立つ！

せめてもの腹いせに、口コミサイトで「☆1　接客最悪　マズ」と書いたけれど——

（つうか、あのオンナ！）

イライラとアクセルを踏みながら、同行していた女について思い出す。

こっちはヤる気まんまんだったんだぞ⁉

長崎《こっち》来てから、全然オンナとヤってねー……。やたらとエロかった凪子を思い出す。目線とか、少し赤い頬とか。ほんのり開いた唇を思い出して、勃《た》ちそうになる。そうだそうだ、あいつも欲求不満なら抱いてやってもいい。凪子も喜ぶだろ。

路肩に車を停めて、アプリでメッセージを送って……

——から、一週間。

（既読にもなんねぇってなんなの）

自分のマンションで、イライラとスマホを眺める。返信しろよ、社会人だろ？　……って、違った、あいつ虫だった。社会的底辺人間を抱いてやろう、ってのに連絡のひとつも返さないなんて。電話もいつも、留守電に繋がるし。ため息をひとつ。これは諭してやらないといけないんだろう。

『オレが忙しいの知ってるよな？　その中でオレがお前に連絡してるのに、すぐ返さないっていうのは、お前はオレから時間を盗んでるのと同じなんだよ。前から言ってるだろ』

まったく。少し厳しく言わないと、あいつわかんねーからな。ボケーっとしてるから。

ついでにＳＮＳ（写真メインのやつ）を開いて、凪子と凪子の友達の投稿をチェックした。ふと、あいつのダンナってどんなやつだろう、と気になったからだ。凪子の投稿は、新婚旅行だかなんだかに行ったあとので止まってる。凪子の友達——というか、オレも大学の同期のやつのとこに、凪子の結婚式の写真が上がってた。友達だけの限定公開のやつ。

（……は？）

ニコニコ幸せそう（腹立つ）な凪子の横にいんのは、やたらと長身の……ムカつくけど顔がいい男だった。つうか、これなんだ？　普通のタキシードじゃない。

（儀礼服？）

てことは、警官か消防士か、——自衛官、あたりか？　コメントを見て、どうやら海上自衛官だとわかって……にんまり、笑った。不倫し放題じゃんあいつ！　海自って何ヶ月単位でフネに乗るから家にいねーってのは聞いたことある。ヤりたい放題じゃーん。

（……てことは、あの店長も凪子の不倫相手なのか？）

だからあんなにオレが凪子に絡んでイライラしてたんだな。なるほど！　凪子、いい環境じゃん。

……なのに、それでも連絡は返ってこなくて。

（仕方ねーな、会いにいってやろう）

オレはまた平日に代休を取って（休日も仕事に出てるんだから）凪子のバイト先の近く……バス停に張り込む。

（暑……）

日差しは夏に近づいていて、海がやたらと眩《まぶ》しい。

待ちぶせる場所をバス停にしたのは、凪子のことだから車の運転はまずしないし、このあたりはマンションなんかもないから徒歩でもないだろう、とあたりをつけてのことだったけれど。

（……ほらな）

一五時過ぎ。バイトが終わったっぽい凪子がのんびり歩いてやってくる。

「凪子」

声をかけると、思い切り嫌そうな顔をされた。カチンとくる。わざわざ来てやったのに。

「なにしてるの？」

「あー」

この感じ、メッセージ読んでねえな。……仕方ない、譲ってやろう。

「謝ろうと思って。この間、ごめん」

「え」

びっくりされた。

「裕之の口からゴメン、が出るなんて……」

「は？」

ムカつきつつも、話を少しずつ自分の目的に寄せていく。

「なぁ、ところでダンナとはどうだ？　自衛官だろ？　いなくて寂しいとか」

「ん？　あー、そうだね、寂しい。寂しい、っていうか……」

凪子はなぜか頬を赤らめた。エロい雰囲気にドキリとする。

「さ、寂しいっていうか？　なんだ？」

慰《なぐさ》めて欲しい、とか⁉　その言葉を待っていると、凪子は目線をつい、と色っぽく（あの凪子が！）逸《そ》らして言う。

「……ダンナなしじゃ生きていけないカラダにされちゃったの……」

「……は⁉」

な、凪子⁉　お前、ダンナに一体なにされたんだ……！　調教⁉　調教なのか⁉

「あ、バス来た」

ちょうどなタイミングでやってきたバスに凪子は乗り込む。

「じゃあね裕之、謝りに来てくれてありがとう。店長たちにも伝えておくね」

凪子が手を振り、バスの扉が閉まる。

オレはただ、呆然とバスを見送ることしかできなかったのだった。

15　カワイイの基準

「……っ、やめ、てっ、触らないで……っ！　た、たすけて康ちゃんっ、やだ、怖いよ……っ、助けて……っ！」

半泣きで助けを求めてる私の写真を撮りながら、康ちゃんは「しかしなぁ」とのんびりした口調で言う。

「へたに反応すると噛むぞ、きっと。リスザル」

「ううう、リスザルがこんなに凶暴な存在だなんて知らなかったよう！」

康ちゃんのお休みの日にやってきたのは「動物と触れ合える」が触れ込みの体験型動物園……なんだけれどっ。

「まさかエサが一瞬でなくなるとは……」

リスザルにエサをあげてみよう！　みたいな、通路状になっているリスザルの小屋。キャワイイリスザルを想像して、紙コップに入ったエサ（ていうか、そもそもなにかの幼虫だった）を持って入ってみれば——リスザルが群れで襲ってきた。

「ひゃぁあ」

パニックになっている私を、楽しんでいると勘違いしたのか、康ちゃんはスマホで動画撮ってるし、写真も撮ってる。紙コップに入っていたエサ（まぁ、幼虫というのは絵《え》面《づら》的に差し置いて）をモグモグ食べるリスザルの姿はたしかに可愛かったけど。

「も、もう隠してないよう……！」

今日は平日。訓練中の代休でお休みだった康ちゃんとお出かけしに来たわけだけれど……平日だからお客さんは少なくて。

飢えた（わけではないのだろうけれど）リスザルたちは執拗《しつよう》に私から離れない。離れないし、なんなら……え、なに？　髪の毛になにしてるの？　助けを求めた視線の先で、康ちゃんはなんか感動している。

「毛繕《けづくろ》いされてるぞ、凪子」

「えええ……」

「仲間だと認めてもらったんだな」

「仲間っ」

肩のあたりに、四、五匹はいるんじゃないかな……私の耳たぶを触ったり髪の毛をグルーミングしたり忙しそう……。康ちゃんは黙って動画撮ってる。

「いやだよう。やだってば、康ちゃぁん、助けてよう……」

「すまん、俺にはどうしようもない」

「ていうか、康ちゃんにはなんで行かないのっ」

康ちゃんだってエサ持ってたのに、綺麗にエサだけ食べて一匹も康ちゃんに群がってない。

「俺は…………というか、兄弟全員」

康ちゃんは五人兄弟の二番目。ちなみに全員男だし、全員同じくらいの体格だから、昔からむさ苦しいと思ってた……

「全員動物から好かれない」

「そういえばそうだよ！」

小学校の生き物係のとき、康ちゃんがいるとニワトリが怯えて隅っこに行くから掃除がラクなんだった！

教室のうしろで飼ってたハムスター、康ちゃんが近づくとカラカラ回すのやめるんだった！

「ずるいよう〜」

「ずるいのは凪子だ。そんなに可愛い生き物に好かれて……羨《うらや》ましい」

本気の目をして康ちゃんは「くっ」と唇を噛む。リスザルが怯えて私のうしろに隠れた。

「顔が怖いんだよ康ちゃんは」

「じゃあどうすればいい」

「笑うとか」

「そうか」

康ちゃんが笑った。でも無理やりに笑ったから……

「あ、逃げた。康ちゃんありがと」

「……」

康ちゃんの作り笑顔を見て、リスザルたちはキィキィ言いながら木に飛び移っていった。わーい助かった。康ちゃんはひとりで凹んでる。

「なぜだ……俺はこんなに動物を愛しているというのに」

「まぁまぁ」

なんだか不憫《ふびん》に思えて、私は康ちゃんの背中を叩く。

「私は一緒にいるから、いいでしょ？」

まぁリスザルほど可愛くないかもしれないけれど。

「私じゃ足りない？　可愛さ足りない？」

「……足りる。十分だ。凪子は世界一可愛い。俺は果報者だ」

「大袈裟《おおげさ》だなぁ」

リスザルの小屋から出ながら、ふふふ、と笑う。

「子供には好かれるといいね」

「……見慣れてくれるだろうか」

「おフネに乗ってる間に忘れちゃうんじゃない？　帰ってくるたび号泣だよ」

「……」

まだ存在もしていない子供に嫌われる妄想で、康ちゃんはまた凹んでしまった。まったく身体はデカいくせにセンサイだなあ！

「毎日写真見せておくから安心して」

「む……頼んだ」

「ていうか、まだ妊娠してない」

「……それなんだがな、凪子」

「なに？」

「子供、もう少しだけ待ってくれるか」

「んー？　いいけど、なんで？」

康ちゃんはやたらときりっとして言う。

「だって凪子、俺のこと構ってくれなくなる」

「ええ？　そんなことないよ」

「ある」

康ちゃんは断言した。

「凪子は一生懸命な人だから。子供産まれたら、子育て頑張ってくれるだろうと――無理はして欲しくないし、それにもちろん俺だって子供に夢中になると思う。けれど、その分俺の凪子時間は減るわけで」

「凪子時間ってなに」

「凪子時間だ。だから、もうしばらくは俺に凪子を独占させてくれ」

やたらと真剣な康ちゃんの目線は……私のお腹。

「だからまだいないって～」

「む、そうか」

康ちゃんは困ったように自分の股間に……ぱしんとお尻を叩いた。

「康ちゃんってなんで時々バカなのかなぁ」

そんなバカな康ちゃんが可愛いような気もしてるから、慣れって怖いよなぁ。

（慣れ？）

慣れなのかなぁ。

それとも、別の感情に由来するものなのかなぁ。

康ちゃんはボケーっと遠くを見つめている。

「どうしたの？」

「あそこにワオキツネザルが」

「……視力いいよね」

私には見つけられない。

康ちゃんは残念そうに「逃げた」と呟いて……あ、やっぱ視力いいよね？　って思う。

（視力いいのに、私のことなんかを可愛いって言うからなぁ）

ボケーっと、康ちゃんに手を繋がれながら思う。このヒトの「可愛い」の基準って、もしかして変なのかもね。

16　ホームパーティー

康ちゃんが今度は大体一ヶ月……くらいの（はっきりはいつも教えてくれない）航海に出て約二週間。

「……っ、またやってしまった」

がばりと飛び起きた私は、なんかまた……濡れちゃっててやばばだ。窓の外は真夏直前の、夏の朝空。

「康ちゃん帰ってくるの八月かぁ～」

寂しい。すっごく寂しい。だから……あんなえっちな夢、見ちゃうんだよう！

（……あ）

思い出す。夢の中の感覚。私のナカを擦る、康ちゃんの指……と、それから……！

「……っ」

びくり、と身体が震える。ていうか、ま、また夢でイってたよね私……！ 凪子、って私を呼ぶ康ちゃんの声が鼓膜に残ってる。じわりと涙が湧いてきた。羞恥心《しゅうちしん》と寂寥感《せきりょうかん》。

「康ちゃんのばかー」

会いたいよう。きゅうと康ちゃんのTシャツを抱きしめるけど、もうじき康ちゃんの匂いが消えそうで悲しい。ぐずぐずの身体、火照《ほて》りを冷まそうとシャワーを浴びて、朝ごはんを食べて、……今日はバイトです。

そのバイト中に、玲香さんにお誘いを受けた。

「試食会？」

「……を、兼ねたホームパーティー？」

玲香さんはニコッと笑う。

「月曜日がお店お休みでしょ？　月曜日の夕方に、たまに土日のアルバイトの子たちも来て、みんなで新作のソースとか提案し合ったりしてるの」

「へえー」

なんとやる気のある……！

「バイトの子たち、調理師学校に通ったりしてるから」

「あ、なるほど〜」

店長は（噂によると）大阪の有名ホテルでシェフをしていたらしいから……料理人を目指してるような子たちからしたら、こういう試食会、というか勉強会はありがたいのかもしれない。

「ウチの子も来るから、騒がしいんだけれど」

にっこりと笑う玲香さんのお誘いに、頷《うなず》く。だって寂しいんだもん……

そして、翌週の月曜日。試食会の場所はお店ではなくて、店長の自宅らしい。繁華な駅近くの、割とウチからも近いとこに住んでた。

「夜は店のあたりはバスがないけんね」

店長が手際よく調理しながら穏やかに言う。料理人だからか、大きな手。

「バイトの子たち帰りきらんやろ。二、三人やったら送れるけど」

「なるほどです」

オープンキッチンの向こう側では、まだ二十歳《はたち》前後くらいの子たちが、思い思いに持ち寄った料理や、ハンバーガーのソースが入ったタッパーをテーブルに並べている。

「あ、噂の凪子さん」

「はじめまして」

「あー、凪子さんか」

どんな噂になってるんだろう。苦笑して「よろしくです」と頭を下げた。とりあえず、みなさまにお出しできるような創作料理はなにも作れないので、店長の横でひたすら洗い物係してます。

「遅くなりましたー！」

お子さん――玲奈《れな》ちゃん――を連れて玲香さんがやってくる。

「こんばんは」

恥ずかしそうに挨拶をしてくれるレナちゃんは、玲香さんそっくりの三歳。もうすぐ四歳らしいけど……長い髪をふたつにくくって、ぱっちり二重がお人形さんみたい。

「か、可愛い……」

思わず見惚れた私に、レナちゃんはぽっと頬を赤らめて、玲香さんのうしろに隠れてしまった。心なしか（なぜか）店長が自慢げだった。まあ、こんなに可愛い姪っ子さんがいたらね！

その後、みんなで料理を食べて感想を言い合って（私はただ食べるだけ）レナちゃんとおままごとしたり、バイトの子の恋愛相談をみんなで聞いたり。

お酒も飲める人は飲む感じで、結構盛り上がった。

「玲香さんはないんですか、恋愛」

「なし」

キッパリ、と玲香さんは言う。ビール何缶目かわからないけれど、お酒強いなあ！　店長もぐいぐいいってる。九州《きゅうしゅう》の人だから？　でも康ちゃんも強い。

（なんかすぐ思い出すなぁ）

なにしてても、なに見てても――康ちゃんはこうだ、って。あのヒト今頃なにしてるかなぁって……

玲香さんの声に、はっと我に返る。

「もう男は懲《こ》り懲《ご》り」

「オレとかどうっすかー」

バイトの男の子が言うけれど、玲香さんは「年下はなし」とバッサリだった。……あ、あの子ちょっと本気だったっぽいけどな……

「店長はどうなんですか？」

話を振られた店長は、肩をすくめる。

「そうだなあ。レナがもう少しわけが解るようになってからやね」

レナちゃんは店長のことをパパだと思ってるらしいのです。これで店長が結婚したら、パニックになっちゃうもんね。

そのあとは和やかに話も進んで、もう遅いので解散、ってことになって――

学生組は明日も学校なので帰ってもらって、片付けは私と店長ですることになった。

「これでよし、かな。じゃあ店長、今日はありがとうございました」

頭を下げて、帰ろうとしたところで――

「送るよ」

「え、いいですよ。近いですし」

「女性を夜にひとりで歩かしきらん」

店長はそう言って、さっさと玄関を出て行った。とりあえず後を追う。

「あ、あそこのマンションです」

うちまでは歩いて五分もかからない。近い割に全然店長と遭遇しないなぁ。食材とか買ってるスーパーがそもそも違うのかも……。

「鮫川さん」

「なんです？」

「旦那さんとは……どこで？」

「ええと、幼馴染で」

へえ、と店長は少し微笑《ほほえ》む。

「ずっと付き合って？」

「えーと」

そういうわけでもないんだよなぁ。

「タ、タイミング？」

「ふうん？　……と、危ない」

前から無灯火の自転車が走ってきて、店長は私の腕を引いて守ってくれた。無灯火でイヤホンしてスマホ弄《いじ》ってる！

「危ないな、スマホしながらなんか」

店長が少し怒って振り向いた瞬間――どこからか「カシャ」って音がした。

カメラのシャッター音？　特に気にせず歩き出そうとする私の腕を、また店長が掴んで、少し険しい顔であたりを見回した。

「鮫川さん。最近、変わったことない？」

「変わったこと……？」

店長は少し重々しく頷《うなず》く。

「誰かに跡をつけられてる、とか」
「……？」
へ？　誰に？　私がボケーっとしてると、店長はその険しい顔のまま言う。
「今日」
「はぁ」
「ウチに泊まる？」
私は――ぽかん、と店長を見上げて首を傾《かし》げた。店長はものすごく真剣な顔をしてい
て――と、まあ、そんなわけで。
「なぎちゃーん、もっかい！　もっかい！」
「こらレナ、もう寝なさい！」
明日保育園遅刻しちゃうよ、って怒ってる玲香さん。結局、なんだかやたらと心配し
てくれる店長に説得されて、今日は店長の家に泊まることにしたのです。
もちろん、部屋は玲香さんとレナちゃんと同じ客間。和室に布団をふたつ並べて、真
ん中にレナちゃん。ふたりは週に何回かお泊まりしてる、とのことです。仲良しなんだ
ろうなぁ。ニコニコと私を見上げてるレナちゃんに「もっかいだけだよー？」と言いな
がら、私はホッコリしている。
「せーの、はい変顔！」

渾身《こんしん》の変顔に、レナちゃんは小さい子特有の甲高い可愛い声で「キャーッ！」と笑う。

玲香さんは「もう、ほんとにごめんね凪子ちゃん」と肩をすくめて……いえいえ、可愛いので全然おっけーなのです。

「はい、もうこれでおやすみ、ね？　レナ」

「あ、パパにおやすみ言ってなーい」

レナちゃんは立ち上がり、ふすまを開けて「パーパー！」とリビングに向かって叫ぶ。

「はーい」

店長の優しい返事。ほんとに姪っ子が可愛くて仕方ないんだろうなぁ。

「おやすみーパパー」

「おやすみレナ」

店長が歩いてきて、レナちゃんの頭を撫でた。レナちゃんは嬉しそうに笑う。

しばらくして、レナちゃんはぐっすりと夢の中。常夜灯のあかりの中、ぽつり、と玲香さんが言う。

「……変でしょ？」

「へ？」

薄暗い中、玲香さんは静かに笑っていた。

「自分の弟を、娘にパパなんて呼ばせるの……」

「あ、でも勘違いしても仕方ないですよ」

ほとんど一緒に育てているようなものらしいし。

「違うの」

玲香さんは穏やかに、そのまま続ける。

「あたしと理、本当は……双子なんかじゃないの」

「……へ？」

「生まれた日が、たまたま同じってだけ。本当は赤の他人」

玲香さんがぽつぽつと語ってくれたことによると。

店長のお母さんと、玲香さんのお母さんは同じ佐世保で育った幼馴染。たまたま同じ日に子供を産んで――けれど、そのまま店長のお母さんは亡くなってしまったらしい。

店長にお父さんは……いなかった。

生物学的には、どこかにいるんだろうけれど、おそらく店長が生まれたことも知らないんじゃないかな、とは玲香さん談。

「育てきれない、って親戚中で押し付け合ってたところに、ウチの母親が、じゃあウチで育てる！ って乗り込んで」

「へ、へえ？」

「……それを知ったのが、二十歳《はたち》のとき」

「……」

「でもね、どうってことなかったの」

玲香さんが微笑《ほほえ》むのがわかった。

「だからなに、って。あたしたちは姉弟《きょうだい》なんだって——なのに」

そのあとお互いに家を出て、玲香さんは福岡で就職して——大阪に就職した店長とは、なかなか会えなくなったらしい。

「帰省のタイミングなんかもずれるからね」

たしかにホテル勤務のシェフと、普通の会社員では休みの日程も違うだろう。

「だから、五年前」

なにかの拍子《ひょうし》に、帰省するタイミングが被った。別にどうということもない、はずだった。

「なのに——なんでだろう。気が付いちゃって」

玲香さんはため息をついた。

「あ、こいつ男なんだって。あたしと血の繋がりなんかない——男の人、なんだって」

玲香さんは焦った。このままだと、このままだと——「恋をしてしまう」。そんな、風に。

「だからあたし、ほんっとに適当な人と結婚して……だから失敗したんだけど」

苦笑しながら、玲香さんはレナちゃんの頭を撫でた。愛しくてたまらない、という風に。

「だからね……元旦那はクソだったけど、あの人だけが悪かったわけじゃないの……」

そう言いながら、玲香さんは静かに笑った。

「ごめんね凪子ちゃん、こんな重い話、して——気持ち悪い？」

「い、いえ」

「なんかね凪子ちゃん、話しやすくて……」

そのまま玲香さんはすぅすぅ、と寝息を立てて眠ってしまった。

（……抱え込んでたのかな）

そっ、とその年上の女性の髪を撫でた。眠ると、少し幼く見える。

（少しはスッキリ、できたかな？）

その後、どういう葛藤《かっとう》があって、店長と今の形に収まったのかは知らないけれど……

ふと喉の渇きを覚えて、リビングに向かう。勝手にお水もらっちゃおー……ってふすまを開けたら、店長がテーブルで、ビールグラス片手になにかメモをまとめていた。

（まだ飲むか！）

ザル姉弟《きょうだい》め……って、違うのか。視線に気が付いた店長が、顔を上げる。

「あ、鮫川さんおつかれさま」

「いえ、すみません、すっかりお邪魔して」

「いや、玲香もレナの相手してもらって助かったと思うけん……ごめんな、無理に」

「い、いえ」

さっき店長が「こないだ店から摘まみ出した鮫川さんの元カレっぽいやつの姿を見かけた」って言ってたけれど……気のせいだと思うんだけどなぁ。

「レナちゃん可愛いんで」

店長がグラスに水を注いでくれる。

「やろ？　かわいいかろ」

そう言って笑う表情は、……叔父《おじ》というよりは「パパ」みたいで……

「いつまでパパって呼んでくれるやら」

「あは、なんかずっと呼びそうですけどね」

あの懐き方からすると。けど、店長は少しだけ悲しそうに笑う。

「ずーっと呼んでくれたらいいんやけど。そしたら、玲香も……ずっと、ここに」

「……？」

玲香さんも？　訝《いぶか》しげな視線に気が付いたのか、店長は少し慌てたように立ち上がる。

「あ、ごめん。酔っとるかな」

明らかに狼狽《ろうばい》、というか「余計なこと言った」って顔してて……

「忘れてくれんかな、今の」

苦笑する店長のその言葉に、さすがにニブニブな私でもなんとなーく勘付く。

……なんだかとっても、とってもな秘密を知ってしまったようですよ？

17　恋ってなんだろね

恋ってなんだろう。

私にはわからない。だって——恋なんて、したことがないから。

初めて「彼氏」ができたのは、中学二年生のときだった。

野球部で、足が速くて、結構かっこよくて。告白されてテンション上がってＯＫして……。仲は良かった。初キスは彼と。高校が別になって、高一の夏休み前に別れたけど……結局、最後まで「親友くらいの好き」より上にはならなかった。

（別れた、ってなって康ちゃんやたらと心配してたな……）

康ちゃんとも同級生だったたし。……そういえば、その年の夏祭りは康ちゃんに誘われて行ったんだっけ。いつもと違ってずっとモゴモゴしてて……多分、相当心配してくれてたんだろうな。

（昔から康ちゃん、優しいから）

思い出すと（なぜだか）きゅんとして、横になったリビングのソファの上で身体を縮めた。康ちゃん、浴衣《ゆかた》似合ってたな。ちょっとドキドキしたもんね。……あ、浴衣《ゆかた》買おう。花火大会とか行きたいな。

ゴールデンタイムのテレビでは「夏の音楽」特集。ちょうど高校のときに流行《はや》った歌が流れて――思い出す。

（そうだ、二学期入ってすぐに同じクラスの人に告白されて……）

やっぱり恋なんかわからなかったけれど、康ちゃんをこれ以上心配させるのも申し訳なかったし、なんとなく仲良かった人だったから付き合って。

バレー部の背が高い人で、めちゃくちゃ面白くて……ずっとふたりでケタケタ笑ってた。

康ちゃんは――「良かったな」って言ってたな。たしか。

あれ、なんでいちいち、康ちゃんの反応覚えてるのかな。……ま、いっか。

その人とは大学一年生の秋くらいまで付き合って……初エッチは大学に入ってから、だった。秋くらいに「他に好きな人ができた」って言われて、別れて……。そんなにショックじゃなかったのは、多分……ていうかやっぱり、その人に恋なんてしてなかったからなんだろう。

康ちゃんはそのとき自衛隊の学校に行っちゃってたから、もう滅多《めった》に会えなくなっていた。もし知らせていたら、どんな反応をしたのだろう？

それからクリスマスの頃に同じゼミの人に告白されて、一年くらい付き合って、別れた後に裕之と付き合いだした。

(裕之に関しては、ほんとに時間の無駄だったなぁ！)

あんなに性格悪いなんて……でもそれに気が付かないくらい薄い付き合いをしていたのは……要はやっぱり、私は裕之に恋なんかしてなかったから。

(どうでも良かったのかな)

それはそれで申し訳ない……のかな……？　とりあえず心の中だけで謝って、うむむと考える。

裕之、裕之なぁ。店長は、裕之にストーキングされてないか警戒するべきだって言うんだけれど……わざわざそんなことするかな？

こんなことを言ってはなんだけれど、裕之もそんなに私のこと好きじゃなかった、ような……？

(あれからもう二週間近く経つし)

店長の家、というか玲香さんとレナちゃんとお泊まりしてから。あのあと、店長と玲香さんで色々「対策」を練《ね》ってくれたしなぁ……。ありがたいなぁ。いい人たちだよな……

(恋、かぁ)

店長と玲香さん。多分、っていうか、普通に両思いなのに。気が付かないものかなぁ。

恋したことないからハッキリは言えないけれど……あれだけ近くにいたら両思いってわかると思うんだけれどなぁ！

（ニブニブなのかなぁ）

うーん、とクッションを抱きしめたまま思う。たしか、養子と実子の結婚って大丈夫だったはず。

テレビからは恋愛ソング。恋ってどんな気持ち、って歌で。どきどきして、きみのことが頭から離れないって歌。

なにを見てもなにをしてても、きみのことを考えてしまうよ的なことを歌ってて、私は首を傾《かし》げた。

（……それ、恋なの〜？）

それって変だよ、と唇を尖《とが》らせた。

だってそれじゃ、……私、康ちゃんに恋してるみたいじゃない？　最近、康ちゃんのこと考えるとドキドキするし、康ちゃんのことばっかりずっと考えてるし——なんて思いながら、ふわりと眠気に身を任せた。

——ぱ、と目を開ける。

テレビは深夜番組に変わっていた。

「……あちゃー」

康ちゃんがいないと生活リズム崩れがち。気をつけなきゃ……と、ふと玄関から物音がした。

「……？」

ハッ、と身体をすくめる。

（……誰？）

がちゃがちゃ、って物音……。康ちゃんからは「帰る」って連絡なかった、よ、ね……？

私はキッチンからフライパンを持って、じりじりと玄関に向かう。

（……裕之だったり、して……）

本気でストーカー!?　だとしたらどうしよう！　フライパンでボコボコにしても大丈夫なのかな!?

がちゃりと開く玄関の扉、振りかぶるフライパン——と、すんでのところで振り下ろすのをやめた。

「な、凪子？」

「康ちゃん!?」

へにゃり、と身体から力が抜けた。康ちゃんはオロオロしながら私を見てる。

「どうした？　なにかあったのか？」

「だ、だって……康ちゃん……連絡」

「すまん、色々あって連絡が……」

康ちゃんは眉尻を下げたまま、私の手を取る。

「凪子、なにがあった？」

「……えへ？」

私はフライパン片手に小首を傾《かし》げた。

……あんまりごまかせてないですよね？

とりあえずリビングのソファに腰かけて、私は経緯をざっと説明した。

「……すまん」

康ちゃんがとても消沈してる。

「俺がいない間に、そんなに怖い目に遭わせてしまって」

「や、だから店長の勘違いの可能性も」

「信用がおける人なんだろう？」

康ちゃんはぎゅ、とうしろから私を抱きしめて――あ、少しの汗と、海の匂い。

康ちゃん、普段通勤のときは私服なのに……今日は半袖《はんそで》の、白い制服。肩には黒地に金糸の階級章。桜に、二本の太線。似合うからズルい。

モニャモニャと話したがらない私を、康ちゃんは膝に乗せてうしろから抱きしめて、ゆっくりゆっくり聞き出してくる。

お店に裕之が来たこと。どうやら会社の転勤で長崎市内に住んでるってこと。起きたトラブル、店長が見かけた「裕之っぽい誰か」。

「んー……」

「……礼も言わないと」

「だねぇ」

このマンション、管理会社が店長たちのご両親の仕事関係の人らしく……防犯カメラを増やしてくれた。

「やけに派手になってるな、とは思っていたんだ」

「そうなんだよ」

エントランス付近に設置された防犯カメラと、「防犯カメラ作動中」のド派手な看板。ちなみに、ここ何週間分かの映像もチェックしてくれたらしいけど……特に不審な人は映ってなかった、とのこと。うーん。康ちゃんはそれから、安心させるように私の頭を撫でた。

「凪子」

「なぁに?」

「心配するな。……絶対に守る」

康ちゃんはそう言うやいなや、ひょいと私を抱き上げて傍に下ろした。

「少し電話してくる」

「誰に？」

「兄貴」

しゅーちゃん？

そういえばと思い出す。そーだ、しゅーちゃんたしか、お巡《まわ》りさんになってたんだよな。ボケーっと待ってると、しばらくして康ちゃんは戻ってくる。

「兄貴経由で県警に話を通してもらった。この辺、巡回を増やしてもらえる」

「えぇ……」

それ悪いなぁ、と唇を尖《とが》らせた。なんだか申し訳ない……。ていうか、しゅーちゃん、そんなすぐにお話通せるくらいの人なんだ？

「それ以上のことは、証拠がないとどうしようもないそうだ」

「そりゃそーだよ」

ていうかお巡《まわ》りさん、お仕事増やしてごめんなさい……

康ちゃんはソファに座り直して、やっぱり私を膝に乗せた。きゅ、とまた抱きしめられて……

「それから……その元カレの職場、何人か知り合いがいる。変な動きをしていないか、見てもらうことにした」

「知り合い？」

「基地内の施設の新設工事。請け負っているのが、そこだ」

「えーあの人そんな仕事してたんだあ」

裕之は大手の建設会社さんに勤めてるのでした。けど、仕事内容全然知らなかった。……所詮《しょせん》その程度の、お付き合いだった。

「とにかく証拠を掴む」

康ちゃんは静かに言った。

「そのあとは五島沖《ごとうおき》にでも沈めるか」

冗談っぽい口調だけど……目が据わってる。

「こ、康ちゃん？」

「心配するな。冗談だ」

「あ、あはは……」

冗談。冗談……だよね……？

康ちゃんはふ、と息を吐いた。

「明日、凪子バイトだな？」

「あ、うん……休んだほうがいい？」

「いや、かえって安心だ。帰り、迎えに行くから店に残っていろ。店は夕方まではやってるんだよな？」

「……うん」

康ちゃんはふう、と息を吐いて——私をまた、ひょいと持ち上げてソファの傍に。

腕の力あるよなー、……って。

「どこ行くの？」

「ん？　着替えに」

「え、やだ」

私は足をバタバタさせながら言う。

「かっこいーから、もう少し見てたい」

「……かっこいい？」

「うん」

私はためつすがめつ、康ちゃんを眺める。うん、普段から整ってるのに制服だと三割増し。

ニタニタしてる私を見て、康ちゃんはなぜか口を押さえて耳たぶを赤くしてる。なぜ照れる。

「……凪子も」

「うん？」

「凪子も、可愛い。愛してる」

「いや意味わかんないよ」

どうしてそうなる。でも康ちゃんは照れ顔のまま、近づいてきて、ソファの前に膝立ちになる。そうして、私の唇にそっとキスを落とした。

「……ただいま」

優しく笑って、私の頬を撫でた。

「おかえり」

私はそのおっきな手に甘えるように頬を、すり寄せる。

(あ、安心する)

ほっとする手のひら。大好きな手のひら……

「ん⁉」

大好きってなにさ！

「どうした？　なにか思い出したか⁉」

びくりと肩を揺らした康ちゃんに私は抱きつく。だって顔赤い。なんで顔が赤いのかわかんない。

「なんでもない……」

きゅうきゅうとしがみつく。あー、康ちゃんだ。康ちゃん……

「一ヶ月、って長いね……」

「……ん」

「結婚する前、半年とか家にいないって言われて……全然平気って思ってたけど、そんなことなかった」

「……凪子」

「寂しい。すごく寂しい。けど」

私は康ちゃんの、日焼けした首筋にちゅ、と唇を落とす。

「その分、会えてるときは……会えない時間の分、愛してね」

ほろほろと唇から言葉を零しつつ……変だなと思う。愛してね、ってなに？　康ちゃんの「愛してる」に流されてこんな台詞《せりふ》が出てるのかなぁ。

康ちゃんは目を見開く。それから何度か瞬きして「俺、生きてるよな？」と自分の頬を摘まんだ。

「どしたの？」

「夢かと思って」

「そんなことないよー。いるよー」

ほら、とまたぎゅ、としがみつく。

康ちゃんはなんでか掠《かす》れた声で私を呼んで、それからぎゅうと抱きしめて、くれた。

フライパンを握りしめて小刻みに震える凪子の、その蒼白な顔を俺はきっと忘れられないだろう。

凪子自身も、もしかしたら気が付いていないかもしれなかった、その恐怖。

凪子は自分自身の感情に――とても、疎《うと》いから。

18 〝凪《なぎ》〟（康平視点）

（あれは、中学のときか）

最初の凪子の彼氏。たしか野球部だったか――と付き合ったとき。そいつを好きだった、とかいう気の強い女子から、凪子はしばらく嫌がらせを受けていた。物理的なものではなかったけれど――無視や遠巻きに笑うなどの見ているだけで怒りが湧いてくるもので。

「もう、ムカつくなぁ」

けれど凪子は、そう言って……それだけでふ、と落ち着いた。凪子は恐ろしいほどに、怒りが長続きしない。これ以上酷くなるようなら……と思っていた矢先に、その嫌がらせは落ち着いた。なにをしても凪子が飄々《ひょうひょう》としている、と気が付いたのか……凪子の雰囲気に毒気を抜かれたのか。「悪意」を凪子はふわりと呑み込んで——笑っていた、から。

のんびりと、のほほん、と。

凪いだ海のように。

傷ついた自分の感情さえも、すっかり呑み込んで。

(だから)

凪子を抱きしめる。凪子の身体から、ゆっくりと強張《こわば》りが取れていって、顔色も良くなって。安心した、とその表情が語っていて——俺は狂おしいほどに、誇らしい。凪子に安心を与えているのが自分だと、その事実がなによりも、誇らしい。

(絶対に守る)

やっと、やっと——凪子を堂々と守れる立場になったのだから。

……なにがあろうと、守ってみせる。

凪いだ海を、荒れさせはしない。

「ふふ、康ちゃん」

凪子の甘えた声。俺は膝立ちのまま、目の前にある凪子の頬を撫でた。そっと指を滑らせて、髪の毛を梳《す》くように耳にかけて。凪子が気持ち良さそうに目を細める。

「康ちゃん……」

凪子の声に、身体中が熱くなる。ただ、名前を呼ばれただけなのに——。唇に、噛み付くようにキスをした。ソファの背に押し倒すように。凪子の後頭部に手を添えて、俺から逃げられないようにして。舌を挿し入れて誘うように絡めれば、凪子は可愛い舌でおずおずと応《こた》えてくれる。

「ふぁ……ぁ……」

可愛い声が、凪子から零れて。

(……やばい、な)

痛いほどに膨張している、自分自身を感じる。

(落ち着こう)

なんだか今日は……丁寧に、凪子を抱きたくて。大切に大事に、なにより愛おしく思っているのだと――伝えたくて。

ゆっくりと歯列をなぞり、凪子の口を丹念に味わう。凪子の味。

凪子から唇を離す。つう、と銀の糸。こくりと動く凪子の白い喉。とろん、とした瞳。

思わず生唾を飲み込んだ。

(……っ、ずるい)

普段から可愛いのに、久々に会えば色気みたいなものさえ加味されていて――背中がゾクゾクと震える。前戯もなにもなしに挿れ込んで快楽を得たいような……そんな欲求が電流のように背骨を伝う。

「こ、ちゃん」

瓜子の切なそうな声。

「も、挿れて……」

「……っ、瓜子⁉」

「だって、もう、……とろとろなの」

瓜子が脚を、俺の腰に絡ませてねだる。

「お願い……っ」

「……！」

瓜子の潤んだ瞳、きゅっと苦しそうに寄せられた眉。上気した頬に、艶《なま》めかしく開かれた唇。

（なるほど）

俺はなにかに納得する。さようなら理性、ってやつだ。

「いいんだな？」

「……うん」

どこかうっとりしている瓜子に、背を向けさせて――ソファの上で、膝立ちをさせる。ソファの背に身体を預けさせたまま、うしろ向きになっている瓜子の下着を、部屋着のショートパンツごと膝まで下ろす。

「……っ、ぁ！」

「……濡れてるな」

下着はもうぐしょぐしょで。

凪子は「言わないでよう」と情けない声を上げる。

「しょーがないじゃん、康ちゃんがあんなチューするからっ」

耳まで真っ赤で。

「うん」

そうだな、とうしろから凪子を抱きしめる。可愛くて仕方ない。

「俺が悪い。だから凪子は……ただ、感じていればいい」

そのまま、指を凪子の肉芽につう、と進める。

「ひゃんっ」

凪子の身体が跳ねる。ぎゅ、と抱きしめて動けないようにして、そこを弄《いじ》り続けた。

く、と剥いてぐにぐにと指の腹でそのぷっくらした肉芽を刺激する。

「やっ、やぁっ、こ、ちゃんっ、だめっ、やぁっ」

凪子の舌がまわってない。どんな顔をしているのか見たくて、横顔を向けさせる。──

トロトロの顔で、半泣きで……ひどく嗜虐心《しぎゃくしん》を誘う、そんな顔で。

「やっ、ちがう、康ちゃんっ、挿れてっ、お願い、壊れちゃうっ」

凪子の腰が淫《みだ》らに揺れる。つう、と太腿《ふともも》に凪子から溢れた液体が伝う。

「壊れる？」

「そ、うっ」

凪子は苦しげに言う。

「康ちゃんのが欲しくて、お腹きゅんきゅんしてるのっ、ちょおだいっ……！」

「うん」

頭がくらくらした。可愛すぎか。凪子のナカに、指を進める。きゅ、きゅ、と凪子の肉襞が吸い付いてくる。

（……あつ、い）

とろとろに蕩《とろ》けて柔らかいのに、キツく締めてきて――。ぐちゅんぐちゅん、とわざと卑猥《ひわい》な音を立ててナカで指を動かす。本数も増やして、親指の腹では肉芽をくりくりと弄《いじ》る。

「あっ、はぁっ、あンっ⁉　ぁ、やぁっ、ぁっ、ちがっ、康ちゃんっ、指じゃないのおっ」

「……ん」

すっかり乱れて、ソファの背を掴む凪子の指は力が入りすぎて白い。

「でも指でも凪子、めちゃくちゃ気持ち良さそうだ」

「はぁっ、あんっ、んっ、きもちい、きもちぃ、けどっ……やぁあっ⁉」

瓜子が感じる、入り口近くの……腹の裏側。ナカの中でも、少し触り心地の違うソコをぐちぐちと擦る。

「やっ、らめぇっ、そこっ、康ちゃ、そこっ、私イっちゃうとこおっ！」

ゆるゆる、と瓜子は抵抗するように首を横に振る。

「イけばいい」

「や、やぁなのっ、康ちゃ、いじわるっ、やぁっ、ぁっ、あッ、あ、ぁ……！」

瓜子の声が、甘く切なく蕩《とろ》けてきて。

「ぁぁッ、らめぇっ、やぁあッ、イ、くっ、イくっ、イっちゃうよおっ、康ちゃぁ……ッ！」

瓜子は綺麗な背中を反らせるように、びくびくとナカと身体を痙攣《けいれん》させて——やがてがくり、と力を抜いた。まだ細かに震えるナカから、指を抜く。くったりとソファの背に顔を埋《うず》め身体を預ける瓜子が、俺を責めるように言った。

「康ちゃんの、ばかぁ」

「……？」

「久しぶりだから……康ちゃんので、イきたかったのに」

「瓜子！」

思わず名前を叫ぶ。

「な、なぁに」

にならなかった。

「可愛いの権化《ごんげ》なのか⁉」

「な、なにそれ⁉」

慌てるように振り向いた凪子の唇に、乱暴にキスを落とす。優しくなんか、できそうになかった。

19　なんか悪いことしてる気分……だったり、して

部屋の中が、ぐちゃぐちゃと蕩《とろ》けてる水音と、私と康ちゃんの荒い息遣いで溢れて て――鼓膜までヤらしくなってきちゃう。

「っ、ぁ、はぁっ、ん……っ、あッ」

白い制服のズボンを寛《くつろ》げて、下着ごとずらしてソファに座ってる康ちゃんの脚の上に向かい合って座って、私はただ揺さぶられてる。

「あ……っ、や、だ……ッ」

私はビクビクと小さく震える。もう何回めになるかわからない絶頂が背骨を電流みたいに伝って、頭の中まで蕩《とろ》けてしまいそうで。イってる私を嬉しそうに見てる康ちゃんは、制服を着たまんまで……

（あ、なんかっ、悪いことしてる気分っ）

ていうか私も服、着たままだし……。お互いどんだけ余裕ないのって感じだけど、だけど――

「凪子、ぼうっとしてる？」

「え、へっ、してな……ぁあッ！」

ぐい、と腰を突き上げられて奥に康ちゃんのがゴツって当たる。

「はぁぁっ、ぁあっ、あっ、やだ、ら、め……」

康ちゃんは私のTシャツをたくし上げて、胸の先端にむしゃぶりついた。熱い口腔《こうこう》に含まれた先端を、康ちゃんは舌で突いて、ねぶって、吸い付いて――

「らぁ、めっ！　こぉ、ちゃ……ぁあっ！」

思わず反る背中、腰をがっちり掴まれてなきゃ倒れちゃうくらいに。康ちゃんは微《かす》かに笑って、きゅ、と私を強く抱きしめる。そうされるとナカの角度が少しだけ変わって、奥の肉をグイグイと押して――そ、んなことしちゃったら……だめだってばぁ！　気持ち良くて、自分から動いてしまう。みっともなく、快楽を求めて――

「ば、かっ、康ちゃぁ、んっ、来ちゃう、……っ、イ、くっ」

「うん、凪子、可愛い」

なにが可愛いかわからないけれど、康ちゃんの熱い視線とかち合って――きゅっと目を閉じた。

（は、恥ずかしすぎるよっ）

視界が真っ暗な中、唇に柔らかな感触。康ちゃんのキス、ぬるりと入ってくる舌の温かさを余計に感じて。

「こ、ちゃん、手、手繋いで……っ」

上がってくる絶頂の予感に、そうおねだりする。

（手、繋いでもらいたいなんて）

イくときに、誰かの存在を感じていたいなんて――誰かと、もっと繋がっていたいだなんて。

そんな感情、初めてで――自分に、戸惑う。

（これ、なんていう気持ちなんだろう）

わかんない。わかんないけど――

「康ちゃ……」

私は喘《あえ》ぎながら、彼の名前を呼ぶ。

「康ちゃ、ん、私、幸せだよっ」

一瞬、康ちゃんが息を呑んだ。

「しあわせ、すっごい、しあわせ……っ、ぁ、あっ、康ちゃん、康ちゃん、こぉちゃ……

「んっ！」

なんて言えばいいかわかんなくて、ただ名前を呼んだ。康ちゃんは片手で私の腰を支えたまま、もう片方の手で私の手をぎゅっと握ってくれる。強く強く抱きしめられて、繋がれるところは全部繋がって、繋がったまま私はくぐもった嬌声《きょうせい》を淫《みだ》らに零しながら、彼のを強く強く締め付けて――イく。

離された唇。くてん、と康ちゃんに身体を預けながら、ただはぁはぁと激しく酸素を求めて呼吸を繰り返した。

「愛してる、愛してる凪子」

康ちゃんはほんとに幸せそうに、私の名前を呼ぶ。

「そういうの、ずるいよぅ……」

私は目を開けて、私の旦那さんの白い制服をぎゅ、と握りしめて言った。

「ほんとにさ……愛されてる気分に、なっちゃうよ？」

「ん？」

彼は不思議そうに私を支え直して顔を覗《のぞ》き込む。

不思議そうだけど――真っ直ぐな目。

「愛してるぞ？」

「へっ？」

「好きだ。ずっと——昔から」

「え、え、え？　ちょ、ちょっと待っ、ぁんっ！」

慌てて動いたせいで、ぐちゅんって腰も動いて、気持ち良くて私は喘《あえ》いでしまう。ふ、と康ちゃんが笑った。

「可愛い、凪子」

「そ、じゃなくって……え？　康ちゃん、私のこと好き、なの……？」

どきどき、が増していく。な、なにこれ、なにこれ⁉

（か、顔真っ赤だよね？）

鼓膜の真横に動脈でもあるみたいに、どきん、どきん、って音がはっきりと。

——それだけ、じゃない。私、私、私……！

（う、嬉しいんだ）

なんで？　なんでこんなに——嬉しいの？　康ちゃんは「なにを当たり前なことを」って顔で続ける。

「好きだ。愛してる……というか」

「と、いうか……？」

「溺愛してる」

「でっ」

溺愛⁉

私は口をぱくぱくって、金魚みたいに動揺してる。康ちゃんは興味深そうに、私の頬を撫でた。

「溺愛だ。凪子に溺れて息もできない」

そう言いながら、私の腰を掴み直してゆるゆると動かす。

「ぁ、ッ、……！」

「だから」

くちゅくちゅ、と淫《みだ》らな水音がリズミカルに響いて。

「だから……絶対に守る」

守る。その言葉に、きゅうんとして……心だけじゃなくて、身体もすごく反応してしまう。

「ふ、ぁ……っ、やッ、ぁうッ」

「凪子」

康ちゃんは薄く笑った。

「多分、思い上がりじゃなければ……凪子も」

「え？　ふ、ぇっ、ぁ……んッ、んッ、やっ」

康ちゃんはふ、と私を持ち上げて、私から抜いてしまう。

「や、あ……なんで」

「思い切りシたい」

康ちゃんは私をなんだか恭《うやうや》しく、ソファの前のラグに下ろす。

そうして私をくるり、とうつぶせにして。

「痛くないか？」

「ない、けど……っ、はぁ、……ッ！」

腰を高く持ち上げられて、うしろから一気に貫かれた。

「あ、ああッ、やぁッ、あっ、康ちゃ、康ちゃぁんっ！」

ぱちゅぱちゅと卑猥《ひわい》すぎる音が余計に恥ずかしさを増長させてるみたいで。

「凪子、凪子……ゆっくり、でいいから」

「んッ、なぁ、にっ……」

さっきの「凪子も」のこと……？　私も、なんなの……？

「凪子が鈍いのはわかってるから」

「っ、はぁッ、ど、いう意味……っ、はぁンッ！」

鈍いってなぁに！　ボケーっとはしてるけれど！

でも、気持ち良さで頭がモヤモヤになって蕩《とろ》けてて、なにも考えられないよう……！

康ちゃんが笑う気配。激しく康ちゃんのが出たり入ったり、で私のナカは忙しい。きゅんきゅん締めて、蕩《とろ》けて溢れて零れてぐちゃぐちゃ。

「ゆっくり、俺のこと」

「ぁ、ぁ、あ――ッ……き、ちゃう、イ、くっ、イく、っ、ぁ、あ、あ……！」

ゴツゴツ奥に当たって、キモチイイところをぱちゅぱちゅ攪拌《かくはん》してくる康ちゃんので、私はもう康ちゃんの言葉を半分も理解できてない。

ただ、気持ち良くて気持ち良くて……

（ち、がう）

心臓がざわめく。気持ちいいだけ、じゃない。はっきりとした、甘い靄《もや》みたいな幸福感が溢れて止まらない。

（なにこれ）

わかんない。わかんない、わかんない……！　わかんなすぎて、幸せすぎて、嬉しすぎて涙が零れた。

「ぁ、ッ、康ちゃんっ、も、だめ――！」

泣きながら、私はイく。同時に引き抜かれて。

それから背中に落ちてくるあったかな、康ちゃんの――

背後の、康ちゃんの荒い息を聞きながら、私はゆっくり目を閉じる。

この幸せな甘いものの答えが、もう少しで出そうな、……そんな予感に包まれながら。

20　迷惑かけちゃ、いけないよね

「どうした、凪子」

朝ごはん。康ちゃんは、とっても普通。私はトーストをかじりながら、ふい、と目線を逸《そ》らす。

「熱でもあるのか？　顔赤いぞ」

「あ、赤くないもん」

「赤い」

康ちゃんはそのおっきな手で私のおでこに触れようとして——私は逃げる。ダイニングテーブルの向こうで、康ちゃんは不思議そうな顔をした。

「どうした」

「ど、どうもしないもん」

「こら凪子、熱があったらどうするんだ」

「ないってば！」

ブンブン首を横に振っている間に、康ちゃんは私の横まで来てしまう。

「ひゃぁあ！」

私は立ち上がってワタワタとソファまで逃げて、……そこで捕獲された。腰を片腕で抱き留められて、もう片方の腕で顔を無理やり康ちゃんのほうに向かされて。

「どうしたんだ、凪子」

「だ、だって」

私は力を抜いて、っていうか抜けちゃって、ヘニョヘニョ康ちゃんに身体を預けながら言う。

「康ちゃん、私のこと――」

「好きだ。愛してる」

「も、もう」

恥ずかしくてなんだか頬が熱い！

「というか、凪子」

康ちゃんは不思議そうだった。

「気が付いてなかったのか？」

「いつ気が付くの」

「プロポーズの返事」

康ちゃんが私をじっと見てる。いつもより「きりっ」としてて……！

「『康ちゃん、私がいなきゃだめそうだから』と」

「そ、それはぁ！」

私は情けない顔を――してると思う。

「康ちゃんが横浜港に沈まないように……」

「……？」

私はつっかえつつ、説明した。康ちゃんが私にプロポーズしたのは、多分「結婚したくてしょうがないから」であって。だから相手は誰でもよくて、まぁ私なら気を遣わないしって理由で選ばれたのかなぁって……

「だから、私が断ったら結婚を焦って変な女にひっかかって騙《だま》された挙句、康ちゃん横浜港に沈められるって」

康ちゃんはしばらくぽかん、とした後……とっても失礼なことに、噴き出した。

「も、もう、康ちゃん！　なに笑ってるの」

「いや、凪子は凪子だなぁと」

「でも康ちゃんも悪いよ！　はっきり言わないから！」

「愛してると常々言っていたのに」

「それはさっ、ハワイで！」

「……ああ、ガイドの人に言われたからと思っていたのか」

康ちゃんは「へー」って顔してる。私が思い切り唇を尖《とが》らせると、康ちゃんはなんだか嬉しそうにちゅ、と唇を重ねてくる。

「なに⁉」

「いや、やっと伝わったんだなと感慨深くて」

「感慨深らなくていいよぅ」

「凪子は可愛いな」

「なんでそうなるの！」

ちゅ、ちゅ、と降ってくるキス。擽《くすぐ》ったくて、抱きしめられて動けなくて、でもじんわりと幸せで――。ふ、と康ちゃんが視線を時計に向ける。

「……まだ時間あるな」

「うん、だから朝ごはん」

「大丈夫だ、早食いには慣れてるから」

するり、と康ちゃんの手がTシャツの中に……お腹を撫でるあったかくて大きな手に、私はついつい、ビクリと反応してしまう。

「凪子……俺の大事な宝物」

耳を噛まれて、そんな甘すぎること言われて。こんな気障《きざ》ったらしい台詞《せりふ》にきゅんとしちゃうなんて、私、ほんとにどうかしてるよう！

涙目で康ちゃんを見つめる。あったかく、唇が重ねられて。そのままソファに縫い付けられて、出勤時刻ギリギリまでじっくりと、……愛されて。

（あい、されてるんだ）

どきどきする。康ちゃんが私に触れるたびに。名前を呼ぶたびに。

なにか——私の中で、もう少しで溢れてしまいそうな、そんな感覚。

「凪子は締めなくていい」

「なんで？」

玄関で、康ちゃんをお見送りしていると、そう言われて首を傾《かし》げた。

「俺が鍵、締めるから」

「あ、……うん」

「誰が来ても開けるな。バイト行くときは誰かに電話繋いでおけ。美保《みほ》さんでもいい」

「わかった」

美保さん、っていうのは、しゅーちゃんのお嫁さん。多分、話が伝わってるんだろうな。お子さんもいて忙しいのに申し訳ない……。そのあとバイトに行く時間になったから、美保さんに電話して、周りにも気をつけつつ鍵をかけて出発。

『大変でしたね』

美保さんの、気遣うような声に「ご迷惑おかけして」と頭を下げた。美保さんは遠慮しないでくださいね、と言ってくれるけど。ううん……と、ふと気が付く。

(あ、れ?)

マンション前に、パトカー。中のお巡《まわ》りさんに、会釈《えしゃく》された。

(ええと……見回り、にしてはピンポイントですね?)

私が電話を切って、バス停からバスに乗るまでの間、パトカーの中からじっと見守られていた。

(……これはっ!)

なんだか超、申し訳ないのではっ……! 康ちゃんにしゅーちゃんのこと聞いたけど、……しゅーちゃん偉い人らしい。でもここまでされるほど、じゃない。ってことは、美保さんのお父さん、かなぁ。美保さんのお父さん、警察で一番偉い人らしく……うう、カンッペキに迷惑かけてる。

美保さんのお父さんが動いてなくても、多分警察署の人とかが、配慮というか勝手に動いてくれてるっぽい、かんじ。

(現場の人たちにしても、いい迷惑だよなぁ……)

うむむと考え込む。ただでさえお忙しいだろうに……

こうなったら、もうハッキリさせるしかない。これ以上迷惑かけたくないよ。本当に裕之がそんなことしてるのか……直談判《じかだんぱん》してやる！　昼間で人の多いところとかなら、本当にそんなことしてたとしても大丈夫だろうし。

私はむん、と気合いを入れてスマホをタップしたのでした。

21　子猫みたいに

バイト先まで迎えにきてくれた康ちゃんの車に乗り込みながら、私は口を開く。

「あのね康ちゃん」

「なんだ？」

明日、裕之に会うことになった――と伝えようとして、ふと口を噤《つぐ》む。あんまり心配かけるのもね。うん、と頷《うなず》いて助手席のシートベルトをかちゃり、と締めた。

「あ、あのー……あ、そうだご飯。晩ご飯。なにがいい？」

「……」

康ちゃんはじっと私を見つめている。探るような目つき……

「な、なぁに」

「いや、なんでも」

彼はふい、と前を向いてアクセルをゆっくりと踏み込んだ。

翌日、私は電車で長崎へ向かう。

「あつー……」

八月の日差しが眩《まぶ》しい。ソフトアイスみたいな入道雲がぽかりと浮かんで、セミはシャワシャワと求婚に忙しそうだ。

ぽつんと真下に落ちた濃い影。そこにポタリ、と落ちていく汗。

「ふう」

小さく深呼吸。なんだか、緊張しているみたい。裕之はお昼休みに出てきてくれるらしいから、とりあえず裕之の会社近くのファミレスを指定した。

「すっずしー」

お店に入るやいなや、思わず呟いた。クーラー万歳。席に案内されてケーキセットを注文しつつ、周りを見渡す。お昼前のファミレスは、平日だけれどそこそこの盛況《せいきょう》。私の席の周りは、すっかり埋まっていた。

うん、と頷《うなず》く。これなら、万が一本当に裕之がストーカーだったとしても、変な行動は起こさないでしょう。

すっかり安心してショートケーキを食べていると、ドカドカと足音がして無遠慮に私の前に誰かが座る。誰か、って裕之しかいないんだけれど……

「よう、久しぶりだな凪子」

顔を上げると、やたらと機嫌が良さそうにニタニタしてる。

「久しぶりなんだけどさ、ごめんね急に」

「いやいや」

裕之は上機嫌に手を振った。お水をウェイトレスさんが持ってきてくれるけれど、「いい。すぐ出るから」と断る。

「え？　あれ、ごめん。今日忙しいの？」

そういえば、なんか忙しそうな職場だって最近知ったのでした。

「おう。時間ない。だからさっさと済まそうぜ」

そう言って裕之は立ち上がる。わ、そんなに忙しいの⁉

「ご、ごめん。じゃあ手短かに話すね」

「いやいいって。行こうぜ」

「え」

私は首を傾《かし》げた。

「……どこに？」

「どこにって」

裕之はニヤニヤと笑う。

「お前だってやりに来たんだろうが」

やりに？　……なにを？　ぽかんとしている私を、裕之はマジマジと見つめた。

「なにって」

「うん」

「セックス」

「……⁉」

ぶは、とコーヒーを噴き出しそうになった。な、セ、セックス⁉

「ひ、裕之⁉　なに考えてるのっ⁉」

「は？」

上機嫌だった裕之の顔が、ぎゅ、としかめられる。どかり、と目の前の席にまた座る。

椅子が床で滑って、耳障りな音を出した。

「違うのかよ？　じゃーなにしに来たんだよ」

「えっと、確かめに」

私は居住まいを正して、裕之に問いかける。

「裕之、私の跡つけたりしてないよね？」

「……」

裕之は偉そうに踏ん反り返ったまま、ジト目で私を見ている。

「裕之？」

「……あー、あー、してるよ。してちゃ悪いかよ」

そう言って裕之はスマホを私に見せつけた。画面には、夜道を歩いてる私と店長。くっついてるように見えるのは、ちょうどあの暴走自転車（？）を避けたところだったから、だろう。

「ほらこれ」

「……あ、うん」

ボケーっと画面を眺める。これがなんだと言うんだろう……

「こいつ、お前のバイト先のやつだろ？」

「え。店長だけど……」

「不倫してるんだろ？　セフレなんじゃねえの」

「せっ……」

私は絶句した。な、なにを言ってるのこの人！

「こいつにはヤらせてオレにはさせてくんねーの、不平等じゃね？」

「や、やらせてません。そんな関係じゃ」

「ふーん」

私の否定にも、裕之はニタニタしている。

「でも、これをダンナが見たらどう思うかな〜?」

「……?」

康ちゃんがこれ見たら?

……自転車から凪子を守ってくれてありがとう、とか……?

なにが言いたいかわからなくて、じっと裕之を見つめる。裕之は口を歪めた。

「別に、いくらだって話盛れるんだぜ? このあと一緒にマンションに入って行きました、とか」

「そんなことしてどうするの?」

本気で疑問に思ってそう聞くと、裕之は嫌な顔で笑う。

「そしたら離婚だよな?」

「ならないと思うけど」

康ちゃん、絶対裕之の話なんか信じないし。

「意地張るのもいい加減にしろって、凪子」

裕之は機嫌良さげにスマホを振る。

「これ、ダンナに見せられたくなかったら——オレともよろしくしてやってよ」

「よろしくって……」

「ていうかさあ」

裕之は、私の水の入ったグラスを勝手に手に取って、ゴクゴクと飲み干した。さっき
ウェイトレスさんには自分で断ったくせに……。こういうところ、ほんとに変わってない。

「オレと付き合ってたとき、お前も浮気してたんだろ」

「……え？」

私は首を傾《かし》げた。浮気……なんてしてなかったけれど、あれ、ていうか、「お前も」っ
て言った？　「も」って！　てことは……

（ぜんっぜん気が付いてなかったあ！）

少しだけ驚いて、裕之をじっと見つめる。知らなかったなあ。

「そうじゃなきゃ、こんなに早く結婚決まんないだろ、フツー。何股《なんまた》してたんだよ。ア
イツは何番目のオトコ？　公務員だからダンナにしたのか」

「えっと、……してないよ？」

「お前のダンナは知ってるのか？　お前がそういうやつだって」

「そういう？」

裕之の視線が、溶けた飴《あめ》みたいにねちょねちょ絡んで気持ち悪い。

「そう。純情でございますみたいな顔してて、案外とヤリマンビッチだってこと」

「や……」

復唱できなかった。初めて言われたその言葉に、驚きすぎてちょっとフリーズ。

「まあいいや。俺だって寄生虫養うのヤだし、結婚してくれててかえってラッキー。今後は適度にお付き合いいただければ？」

そう言って、裕之はスマホをふたたび指し示した。

「……だから、なんなの？　店長と一緒にいる写真見られたって、どうってことない」

私は裕之に向ってきっちり目を合わせた。――だって。

「康ちゃんは私のこと、絶対絶対絶対ぜーったい信じてくれるから、好きにしたら！」

「へえ、後悔するなよ？　第一、お前にだって悪い話じゃないだろ」

「悪い話も良い話もないよ！　さっきからなに言ってるの裕之――」

「鈍いフリもいい加減にしろよな」

裕之は少しイライラして言う。

「これ、ダンナに見せられたくなかったらオレにもヤらせろって言ってんだよ」

「なにを」

「だから、セック……」

裕之が固まる。

私も固まる。……だって、さっきの「なにを」は、私の台詞《せりふ》じゃない。

裕之が見上げた先には、彼を見下ろす凶悪な顔面の康ちゃんがいた。

「俺の妻がお前になにをさせたらいいんだ？　言ってみろ、クズ野郎」

そうしてそのまま、裕之は襟首を掴まれて、子猫みたいに片手で持ち上げられてしまった。

「いや、いや、あのその」

「言えと言っている」

裕之はフルフルと震えていた。康ちゃんの目は完全に据わっていて――。あ、大変。

「康ちゃんやめて、その人泳げないんだよ。五島沖から遠泳は無理だよ」

「は⁉　オレなにされるの⁉」

それにしたって、なんでこのヒトがここにいるんだろう――そう思ってると……ほとんど同時に、周りのお客さんたちが立ち上がる。

「確保ッ！」

「へ？」

近くのテーブルに座っていたはずのサラリーマン（風、男性）の一声で、お客さんたちがワラワラと動く。

「長崎県警です」

「……へっ」

裕之も目を白黒させていた。

「脅迫の現行犯で、あなたを逮捕します」

子猫のように震えたまま、裕之は私を睨みつける。

「て、てめえ、このクソビッチ、最初から罠《わな》だったんだな⁉」

怒ってる声だけど、全然怖くない。子猫みたいだし。

「えーと、あのー」

私もなにがなんだかわからないのですが、と思っていると、康ちゃんがまた地を這うような声で言う。

「今凪子になんと言った？　もう一度言ってみろ、ゆっくりとだ」

「あ、いえ、なんでも、ふへへへ」

裕之のおでこから、脂汗がぼたり、と一筋落ちていった。

22　怒ってる？

「凪子は嘘をつくとき、右の目蓋《まぶた》がピクピクするんだ」

「ん？　なにそれなに⁉　初耳」

「言ってなかったからな。でもみんな知ってるぞ」

「み、みんなって？」

「凪子のウチの人とか、中高の同級生とか」

「……やぁん」

康ちゃんがなぜだかブチ切れで現れた、あと――なにがなんだかわからないうちに、裕之は刑事さんたちに回収されていった。

……回収、っていうか逮捕か。そのあと私は康ちゃんに回収されて、車の中で説明を受けていた。

「えっちー」

最初から、嘘ついてたのバレバレだったのか……

「なにがえっちー、だ」

康ちゃんはムスっとしてる。

あ、あれ？　嘘でしょう、怒ってる……？

（ちょっと待って）

私は冷や汗がたらり、と背中を伝うのを感じた。私……康ちゃんに怒られるの、初めてだ。

小さい頃、プール一緒に行こうって約束してたのに、お昼寝しちゃって遅刻して一時間待ちぼうけさせたときも（すっごい心配してた）、ふざけてて康ちゃんにぶつかって怪我させちゃったときも（泣いて謝ったけど）、眉ひとつ動かさず「凪子が無事で良かった」ってボケーっとしてた、康ちゃんが！

「あ、あの、康ちゃん」

「……なんだ」

「勝手に、その。ごめんなさ――」

乱暴に、車が路肩に寄る。

こんなの初めてで、目を白黒させてたら――車を停車させて、彼は怖い顔のままシートベルトをはずす。

「あの、康ちゃ」

ほとんど無理やり、口付けられた。

「んっ、んむ」

「……バカ凪子」

康ちゃんの、息を深く深く吐く声。

「心配させるな」

怒ってる声に、身体が凍りつく。本気で……怒ってる。

「……ごめんなさい」

「凪子になにかあったら、本当にあいつを殺してたぞ俺は」

「……その」

抱きしめられて、もごもごと口の中で呟く。

「心配、かけたく、なかったの……」

「じゃあ言ってくれ。俺に」

康ちゃんの苦しそうな声が、耳の近くで切なく響く。

「凪子に頼りにされない自分が……死ぬほど情けない」

「……っ！」

私はがばりと顔を上げるけれど、康ちゃんは私をギュウギュウ抱きしめてるから、彼の顔は見えない。

「ち、違うの康ちゃん、違う」

「違わないだろう」

「ほんとに……ほんとに」

目頭が熱くなる。溶けちゃいそうに。

「ほんとに、ごめんなさい」

思わずしゃくり上げる。

康ちゃんが慌てたように身体を離した。ちょっと憔悴《しょうすい》したカオしてて、余計に胸が痛い。ほんとに、ごめんね、康ちゃん。

「康ちゃんに、康ちゃんにね、迷惑かけたくなくて、嫌われたくなくて」

「嫌う？　バカな」

「怖かったの、怖かったんだよ」

だって、みんなに迷惑かけてた。面倒くさくなられても仕方ないくらいに。

「だからぁあ」

「わかった、わかった凪子、ごめん、泣かせるつもりは」

「康ちゃん、康ちゃぁん」

ギュウギュウ抱きしめる。私の旦那さんは、背中を優しく撫でてくれた。

「凪子、でもひとつだけ約束してくれ。なんでも話すって」

「うん、うん」

「嫌いになんかならないから」

「絶対？　ぜぇったい？」

「絶対」

「愛してる？　ちゃんと？」

「愛してる」

「……ん」

ちゅ、と目蓋《まぶた》にキスが落ちてくる。溢れる涙は、全部彼が拭ってくれた。

「もう怒ってない……？」

「怒ってない。ほら」

康ちゃんが不器用に笑う。

子猫とかに全力で威嚇《いかく》されそうなその変な顔に、私は思わず笑ってしまった。

「でも、なんであのお店にいるってわかったの？」

ふたたび走り出す車の中で、私は首を傾《かし》げた。仮にスマホを見られていたとしても(全然いいんだけれど)裕之とは電話で約束していたから、わからないはずなんだけれど……

「やつは仕事中に凪子と電話していたようだからな。周りの人間が聞いていたんだ」

「あ、会社で……」

そういえば、同じ職場の知り合いが様子を見てくれるって言ってたなぁ。

「そもそも……公安にマークされていたんだ、あの男は」

「こうあん……？」

「防衛機密を某国の諜報員《ちょうほういん》に漏らすところだったらしい」

「……⁉」

ぼ、某国⁉　諜報員《ちょうほういん》⁉　なにそれ！

「ハニートラップに引っかかっていたらしくてな……」

「……」

元カレながら情けない……

決定的な証拠がなかったから、別件で引っ張って取り調べしたいなぁ～って偉い人たちがこっそり思ってたところに、渡りに船で私がストーキングされていた、と。

「それであの大掛かりな？」

「そういうことだ」

あの場には長崎県警だけじゃなくて、警察庁と防衛省の職員もいたらしい。それから、しゅーちゃんの直属の部下さんも。

「ひ、裕之どうなるの？」

「さあ」

康ちゃんは本気で興味がなさそうな口調で答えて……私はそのまま窓の外の入道雲に目を向けた。

マンションに帰ってきて、玄関に入るやいなや、康ちゃんは変な顔をしてる。

「なに？」

「いや、……俺は凪子に甘い気がする」

「甘くしてよ。嫌いになるよ」

「……！」

康ちゃんは本気で慌てた顔をしてる。私は小さく笑ってぎゅっと抱きついた。

「うーそ。ならないよ」

それから、そっと言う。できるだけ、真剣に。

「ちゃんと反省してます……」

「うん」

「ごめんね、康ちゃん」

「……ん」

優しく私の頭を撫でる康ちゃんの手。いっぱい心配、したんだろうな。

「ほんとにごめんね」

「まったくだ」

彼のあったかくておっきな身体に抱きつきながら、そういえば言ってなかったな、って顔を上げた。

「あのね」

「どうした？」

「ありがとう。助けてくれて。その、ヒーローみたいだったよ」

康ちゃんが目を見開く。いやまぁ、ヒーローという割には随分凶悪な顔していたけれど……

「世界一カッコ良かった」

康ちゃんの顔が真っ赤になる。ん、なにこれ！　ぱちぱちと目を瞬いていると、康ちゃんは頬を赤くしたまま、無理やり怖い顔をして。

「本当に反省してるのか」

「ん、あっと、してるよ」

「なら、いい」

康ちゃんは照れ隠しだかなんだかわからない顔でモゴモゴ言ってるから、……私は本当に反省してるし申し訳ないって思ってるのに、それでも康ちゃんのその表情がなんだか切ないくらいに愛おしくて——きゅうん、って心臓が痛くて、ただ康ちゃんにまた身体を預けた、のでした。

23

「あなたになら勝てそう」……？

康ちゃんとは、よく目が合う。合うと、少しだけ嬉しそうに目を細めて——これは、昔からの康ちゃんの癖なのです。

「いつから私のこと好きだったの？」

って質問に、彼は「生まれたときから」って答える。

そのときは大袈裟《おおげさ》だなぁ、って思ったけれど――こうして笑ってるのを見て、ああこれ小さい頃から康ちゃんはこうだったな、って気が付いて。

（本当に？）

なんて思うけど、……疑う気持ちなんか、少しもない。康ちゃんは、本当に、ずっとずうっと、私を見ててくれたんだ。そう思うと――なんだか、胸が痛い。色々、痛い。

（なんでだろ）

きゅ、と眉根を寄せると、「どうした」と康ちゃんが秒で心配して私の頬に触れる。

「ん、大丈夫」

私の言葉に、彼の親指が、優しく優しく私の目蓋《まぶた》に触れる。

「うそつき」

「……むう」

癖を把握《はあく》されてる。なくて七癖とはよく言ったもので……

「いいから！　あっそれより、あのお店じゃない⁉」

私は康ちゃんの手を引っ張る。

今いるのは、長崎の中華街。横浜に比べるとこぢんまりしてるけれど、なんていうか「アジア感」は長崎のほうがある、かな？　雰囲気が良い。

空は八月終わりの晴天、セミは元気に求婚中で、アスファルトには濃い影。

「ほらー、限定皿うどん食べるんだから～」

私が笑うと、康ちゃんは安心したように頬を緩める。なんだかこっちが、顔に熱が集まってしまう。な、なんでそんな風に笑うんだよう！

お店に入って、限定長崎皿うどんを注文して――丸いテーブルの正面に座ってる康ちゃんに聞いてみる。

「ホテルはこの近くだっけ？」

「いや、稲佐山《いなさやま》という山のほうで」

「山？」

「……山」

康ちゃんが恭《うやうや》しく頷《うなず》く。山？　まぁいっか、とお通しのお漬物をぱりぱり食べた。美味《お》《い》しい。

今日、明日は平日だけれど、康ちゃんはお休み。なので（まぁ遠出は無理みたいなので）長崎市内の観光をかねて、一泊二日のプチ旅行なのです。ふふーん。

「機嫌、良さそうだな」

「だってお泊まりデートだし」

康ちゃんが目をぱちくりしてる。あれ？　なんか変なこと言ったかなぁ……

じっと見てると、康ちゃんが耳を赤くしてお水を一生懸命飲んでた。

「……？」

「いや、気にするな。うん」

「そ？」

ちょうど「お待たせしましたー！」と目の前に美味《おい》しそうな皿うどんが運ばれてきて、私の意識は完全にそっちに向かってしまう。おーいしそー！　もぐもぐ食べてると、ふと視線に気が付く。ばちりと絡む康ちゃんの視線。なんか、幸せそうにフワリと笑って──ううう。

（な、なんか急に気恥ずかしくなってきたよっ！）

私はむう、と康ちゃんを見て「食べないの⁉」と唇を尖《とが》らせる。康ちゃんは目を細めて「うん」と小さく返事をした。もー、そんな風に優しく見るの禁止にしようかな！

と、そのときだった。

「鮫川一尉《いちい》？」

凛、とした声。振り向くと、モデルさんみたいな綺麗な女性が微笑《ほほえ》んでいた。つやっつやの黒髪ストレート、ばちばちまつ毛。

（お人形さんみたーい……）

お人形さんみたいな彼女は、これまた綺麗に首を傾《かし》げた。

「塩原《しおばら》さん」

康ちゃんは居住まいを正した。

「このたびはお世話になりまして」

「いえいえ、奥様ご無事でなによりでしたわ」

にっこり、と微笑《ほほえ》んでじいいいいっ、と私を見つめる視線。説明を求めて康ちゃんを見る。

「こちらは例の建設会社の」

「……あ」

ひ、裕之の同僚さんか！

「捜査に協力してくださった」

「わー！」

私は慌てて立ち上がる。

「こ、このたびはとんでもないご迷惑を……」

「いえいえ」

お人形さん……じゃなくて塩原さんは綺麗に口を笑みの形にする。

「こんなに可愛らしい奥様ですもの、ご心配なさって当然ですわ」

「あ、あの、いえ、その」

慌て切ってわちゃわちゃしてると、ふと康ちゃんがスマホを持って立ち上がる。

「悪い、仕事の」

「あ、はぁい」

スマホ片手にお店を出て行く康ちゃん。

胸のどこかが痛む。急な呼び出しだったら、どうしよう。寂しいなぁ。旅行、キャンセルかなぁ……

そのとき、ふふ、と塩原さんが笑う気配がした。

「あの？」

「いえ？　可愛らしい方だなぁ、と」

「……？」

首を捻《ひね》ってる私に、塩原さんは言う。

「あなたになら、勝てそう」

「……？」

なにで？

そう思ってる間に、康ちゃんが戻ってくる。目が合うと、安心させるように言った。

「大丈夫だ、大した話ではなかった」

「そ、そっか」

ほっとして笑うと、康ちゃんも目を細める。ふと塩原さんを見ると、超無表情だった。

なにゆえ⁉

「では」

塩原さんが軽く会釈《えしゃく》すると、康ちゃんも頭を下げた。

「……凪子、どうした？」

「康ちゃん」

私は康ちゃんを見上げた。

「私、どんくさそう？」

「どうした急に」

「塩原さん、私になら勝てそうらしいんだけれど、なにでだと思う？」

「勝てそう？」

「うん」

私は頷《うなず》いた。

「急に言われたの」

「……うーん」

康ちゃんも不思議そう。それから「はっ」と気が付いたように、私を見た。

「……おそらくだが」

「恐らく？」

「町民運動会だ」

「運動会っ!?」

康ちゃんは頷《うなず》く。

「塩原さん、実家は佐世保の——俺たちのマンションの、隣の自治会らしい。ということは、だ」

「うん」

「九月にある、町民運動会……その宣戦布告だろう」

「宣戦布告っ！」

私は割り箸を握りしめた。宣戦布告なんかされたからには……勝たねばですよっ！

「勝とうねっ、康ちゃんっ」

「うむ。そんなに運動会で燃える人だとは想定外だが、挑まれたからには全力で受けて立たねばな」

私と康ちゃんは、ガッと腕を合わせた。

打倒隣の自治会！

優勝して町内会報に載るのは、私たちだよ！

24　甘やかしたくて仕方ない（康平視点）

ホテルのロビー、チェックインを済ませて凪子の待つソファまで戻ると、ウェルカムドリンクを目の前に凪子がぽかん、としている。

「どうした？」

「や、こ、こんなちゃんとしたホテルだと思ってなくて……」

服浮いてない？　と凪子は困り顔だけれど、夏らしい水色ストライプのワンピースはまったく問題なく感じた。

「晩ご飯はホテルの鉄板焼き、って聞いてたから、それだけはちゃんとしたの持ってきてるけど」

「なら大丈夫だろう」

俺は頷《うなず》く。凪子がちょこんと首を傾《かし》げて——小さなピアスがしゃらりと揺れた。

案内された部屋で、凪子は固まった。

「こ、康ちゃん」

「なんだ」

「夜景……！」

夜景、というにはまだ夕陽も沈み切っていないけれど、大きなはめ殺しの窓ガラスの向こうには、長崎港と長崎市内のきらきらしい眺めが広がっていた。凪子が窓に駆け寄る。

「めちゃくちゃ綺麗！」

そう言って振り向いた凪子を抱きしめる。

「わ、康ちゃん」

「見たかった顔してくれたから、嬉しくて」

「見たかった顔？」

「喜ぶ顔」

俺は凪子の頬を両手で包み込む。凪子がふんわりと笑って、俺もとても嬉しくなる。

「今日一日、そんな顔してたでしょう？」

「……うん」

ニコニコと楽しそうな凪子。なんでもしてあげたくなってしまう。甘やかして蕩《とろ》けさせてぐずぐずにして、俺から離れられないように。

「ていうか、いつもしてない？」

「いつも？」

「だって康ちゃんといると、幸せで嬉しいもん」

なんの衒《てら》いもない、純粋な笑顔。

胸が苦しい。幸せすぎて――苦しい。迷いなく、唇を重ねた。最初は触れるだけ、それから少しずつ深く、深く――

「……っ、ふぁ、康ちゃん……」

キスの合間に俺を呼ぶ声。ガラスに押し付けるようにして、凪子の唇と口の中を味わった。ちゅっ、と舌を吸うと、びくりと凪子が震えて俺の服を掴む。さらりとした素材のワンピース越しに、凪子の身体をゆっくりと撫でた。

「っ、あ、康ちゃん、ここだめ、見えちゃう」

「大丈夫だ」

「だめ、だよう、まだ明るいもん……」

涙目で見上げられて、しばし悩んだのち、断念。凪子を抱き上げて、ベッドまで運ぶ。

「え、てか、康ちゃん。えっちするの?」

「する」

ぽすり、と凪子をベッドに下ろしながら言う。

「あんな可愛い凪子見て、欲情しないほうが変だ」

「変なのは康ちゃんだよっ、ひゃあっ!」

ピアスが健気《けなげ》に揺れる可愛らしい耳朶《じだ》を食《は》むと、凪子が頬を赤くして抵抗になっていない抵抗をしてくる。

「だ、めだよう、晩ご飯はっ」

「……時間をずらしてもらえないか、聞いてみるか」

「……！」

凪子が固まっている間に、ベッドサイドの電話機からフロントに電話。平日ということもあり、ふたつ返事でＯＫが出た。

「ゆっくりできるな」

「あ、あのあの康ちゃんっ」

凪子が半泣きで俺を見上げる。

「意識、飛ばさせちゃうのなしね……？　鉄板焼き、楽しみにしてるんだからっ」

俺は一瞬、ぽかんと凪子を見つめて――それから首を横に振った。

「わからん」

なんで俺を煽《あお》るようなことを平気で言えるんだろう。

「だ、だめだよう、ほんとだよっ！」

するすると服を脱がせる。抵抗らしきことをしてくる凪子に、俺は言う。

「どうせ着替えるんだろう」

「うう、そうだけどっ、そうだけれどっ！」

いまだに恥ずかしがって、手で胸を隠し、脚を合わせて軽く背を向ける凪子をじっくり観察する。

「なんで見るの！」

「いや」

ふう、と俺は息を吐きつつ、自分も服を脱ぐ。

「凪子はどうしてこんなにエロいんだろうと思って」

「え、えろくないも……んんっ！」

往生際《おうじょうぎわ》の悪い愛妻の唇を塞《ふさ》ぐ。

まったく――往生際《おうじょうぎわ》が悪い。凪子も、いい加減……俺のことが好きなんだろうと思う。

そうでなければ、日々のあの反応はズルイ。でなければ小悪魔というかなんというか……いや、素でその可能性もあるから怖い。

唇を離すと、とろんとした瞳で見上げてくる凪子。

「康ちゃん」

柔らかい笑み。幸せそうな――

するりと頬を撫でて、そのまま首、鎖骨《さこつ》と手で撫でながら下がっていく。すっかり手に馴染んだ、凪子の乳房に手を伸ばす。ゆるりと包み込んだその下で、ぴんと勃《た》つ先端が愛おしい。

はあ、と凪子が甘い息を吐く。

片手でゆるゆると揉みながら、もう片方の乳房を舌で舐める。先端の周囲をチロチロと舐め、ちらりと凪子の様子を見ると、眉根を寄せて凪子は少し泣きそうな顔をしていた。

「こ、ちゃん、あの、あのねっ」

「なんだ？」

「あの、もっと」

「もっと？」

俺に触れてほしくて、ぴんと勃《た》って誘う乳首。可愛すぎて、本当はさっさと舐めて吸って噛んでしまいたい、――けれど。

「なんだ、凪子？」

「うう……」

凪子はもじもじと脚をすり合わせて、眉をハの字にしたまま唇を尖《とが》らせた。

「どこ舐めて欲しいんだ？」

「なっ、なめ……っ」

凪子が頬をさっと赤くする。しかし少し迷ったように、唇をモゴモゴと動かして。

「あの、ね。康ちゃん……」

ねだるような、甘い、甘い、甘すぎる声。

「もっと、いじめて欲しいの……」

「……っ、凪子はずるい」

そう言うのが精一杯、だった。

25　教えてくれないの？

「んッ、ふぁッ、はぁっ、あっ、あっ、あ……！」

私の口から、甘くて淫《みだ》らな声が止まらない。

もう何回イかされたかわからなくて、すっかりくてんと力が抜けた私をうつぶせにして……康ちゃんはうしろから、ほとんど強引な感じで私を攻める。

「んぁッ、康ちゃ……んっ」

いつもより、なんか、……激しくない⁉

私ははぁはぁと荒い息の中、ほんのちょこっと残った理性でそんなことを考える。両腕を持たれて、無理やり腰を上げるような……そんな淫《みだ》らな姿勢。ぱんっ、ぱんっ、て腰がぶつかる音と同時に響くぱちゅぱちゅって水音。

「こ、おちゃん……っ」

「なんだ？」

結構なことをされてる、と思うのに……声はとても優しくて。なぜだかキュンとして、これもなんでなんだかナカもキュンとしてしまう。

「……っ、凪子、締めすぎ」

ぱちゅん！　って康ちゃんはさらに奥を貫くように腰を動かすから。

「あっ、あっ、あ、や、だっ、イ……くっ！」

私はシーツに顔を押しつけながら、もうほんとに何回目なのかわかんない絶頂に身を任せた。

「ふぁ、っ、ぁ、っ、あ……」

ぴくぴく、とナカが痙攣《けいれん》してる。イきすぎて、……もう頭が蕩《とろ》けて死にそう。康ちゃんもさすがに動かずに、私の腕から手を放す。

「はぁ……っ」

ぽすり、と身体がシーツに沈む。

「凪子」

優しく、康ちゃんが頭を撫でて。うしろから挿入《はい》ったまま、きゅっと抱きしめられた。

「は、ぁンっ」

姿勢を変えられたから、当たる場所が変わってつい声が漏れる。康ちゃんが密やかに笑った。

「凪子、今日すごいな」

「なに、が……？」

「めちゃくちゃに感じてくれる」

彼がそう言って、こめかみにキスを落としてくるから――私は胸が痛い。

甘い、まるい、痛み。これって、なぁに……

「康ちゃんがっ」

その痛みを誤魔化すように、私は唇を尖《とが》らせる。

「康ちゃんが激しいんだよっ、今日」

「俺が？」

「そうだよう、すごい」

「……すごい？」

む、と私は黙り込む。うう……

「凪子」

言って、って感じで腰を緩やかに動かされる。そんな小さな動きに、私はいちいち反応してしまって。

「ひゃ、ゃ、ぁん……ッ」

「すごい、なんだ」

「すごい、すごいっ、……きもち、い……」

康ちゃんが優しすぎる声で聞くから！　つい答えちゃうじゃん！

「凪子、可愛い」

ぱちゅん！　ってひと突きされてぴくりと跳ねた身体から、康ちゃんはずるりと康ちゃんのを引き抜いてしまう。

「ぁ、なんで……っ」

「そろそろ俺もイきそうだから」

くるり、と簡単に仰向けにされて。

「凪子の顔、見てたい」

「み、見なくていいよう！」

本当に！　だって、絶対変な顔してるしっ！

私の心を読んだわけじゃないだろうけど（だよね？）康ちゃんは小さく頬を緩める。

「凪子はどんな顔していても可愛い」

「……っ！」

「というか」

康ちゃんはなんでか、きりっ、として言う。

「今とんでもなく可愛い顔してるの……自覚あるのか」

「と、とんでもなく？」

「とんでもなく」

うん、と康ちゃんは頷《うなず》いて、ぐいっと私の両膝裏を上げた。

「ひゃう！」

思い切り、康ちゃんに向かってヤらしいところを見せつけるような格好で……！

「やっ、やだようっ、康ちゃんっ！　恥ずかしいよっ」

「もう何度も見てる」

「けど、けどっ、恥ずかしいって」

「凪子は」

康ちゃんは、多分ヒクついちゃってる私のソコを眺めながら、嘆息《たんそく》するように言う。

「こんなところまで可愛いんだから、ずるい」

「か、可愛いわけあるかぁっ」

そんなとこ絶対可愛くないもん、と思っているうちに、簡単にズブズブ入り込んでくる硬い熱。

「っ、ぁ、あ！」

「もうトロトロ通り越して、ドロドロだな」

ふ、と康ちゃんは小さく笑う。

「気持ち良すぎる」

康ちゃんの、どこかうっとりしたような声に――また胸が、きゅうんと痛甘い。

「ね、っ、康ちゃ、ん」

康ちゃんが動く前に、私は押しとどめるようにして口を開く。

「なんだ？」

「ね、知ってたら教えて欲しい、んだけどっ」

私のナカはさっきから収縮して、彼のを奥に奥に、って蠢《うごめ》いてて……康ちゃんは動きたいだろうに、我慢して聞いてくれる。

「痛くて甘くて、切なくて苦しくて嬉しい気持ち、……なんだか知ってる？」

康ちゃんは目をほんの少し、見開いて――それから私の膝に、キスをした。

「っ、ん！」

「凪子」

とても、優しい声で私を呼んで。

「それ、どんなときにそんな気持ちになる？」

「え、と。……康ちゃんといる、とき」

「……知ってる」

康ちゃんはどこか、感情を押し隠すような声でそう、答えた。

「ほ、ほんと？　教えて」

「だめ」

康ちゃんはそう言って、ゆっくりと抽送《ちゅうそう》を始める。

「ふ、ぁ、はぁ、ッ、なんで」

私は喘《あえ》ぎながら、康ちゃんを軽く睨む。

「お、しえて……やっ、よおっ……！」

「だめだ。凪子、これは……宿題」

「宿題……っ？　ゃあッ！」

「そう」

康ちゃんは薄く笑う。

「でも、凪子……今までそんな気持ちになったこと……なかったのか？」

「う、んっ」

私は蕩《とろ》けるような快楽に身体を震えさせながら、小さく頷《うなず》いた。

「なかっ、たの！　知らなかった、の。康ちゃんだけ、なの……だからっ」

とたんに、一気に奥まで激しく突かれて。康ちゃんは私の腰を掴んで、激しく腰を動かす。

「やぁっ⁉　なんっ、で！　激しっ、あッ、あ、あぅ、っ、あ、あ……！」

「凪子……っ、愛してる」

「ふぅ、っ、やぁっ、あ、あ、あ……！」

子宮の入り口までゴリゴリされてるような、奥の奥まで貫かれて、身体の芯から溶けてしまいそうな――

康ちゃんが手を伸ばして、両手を握ってくれる。激しい抽送《ちゅうそう》はそのままで、私はあられもない格好でキュウと爪先《つまさき》まで痺《しび》れて――目の前に星が散るように、脳味噌まで溶けちゃうみたいに、イってしまう。康ちゃんのが、薄いゴムの皮膜越しにびゅくびゅく出てるのを、痙攣《けいれん》し続けるナカで感じて。

（あ、……幸せ）

とろりとした幸せに、私はゆっくりと意識を手放していきそうに……なって。

「っあ、だめだめっ、鉄板焼きっ！」

ぱちりと目を開けると、康ちゃんと目が合う。康ちゃんはしばらく私を見つめたあと、とっても失礼なことに顔を逸《そ》らして噴き出した。

「なんで笑うの！」

「いや凪子可愛すぎるだろう」

そう言って――鼻の先に、キスをひとつしてくれた、のでした。

26 「ひみつ、教えてあげようか？」（康平視点）

びっくりした。

「な、なぁに？」

レストランへ向かう前、着替えた凪子の服装。シンプルな黒の、膝丈のワンピース。

いつもと雰囲気が違って……シックというか、なんというか。

「綺麗だ」

「……そ、それよりこれ閉めて？」

明らかに凪子は照れて、俺に背中を向けて髪の毛を上げた。白いうなじ。赤い耳たぶ。

俺は凪子のワンピースのファスナーを上げながら、その耳たぶを軽く食《は》む。

「ひゃぁん⁉」

大袈裟《おおげさ》なくらいに反応する凪子に、思わず笑ってしまう。「もう！」と振り向こうとする凪子を押しとどめて、そのうなじにもキスを落とした。

「……っ！」

それから身体を離す。白いうなじに、咲くようにキスマーク。凪子が髪の毛を下ろす。

「もう、髪上げられないじゃん」

「上げたらいい」

「ばか！」

凪子が拗ねたふりをする。可愛い。

ピアスも付け替えて（金の輪っかのような……なんていうんだ？）凪子は首を傾《かし》げた。

「ねえ、気合い入りすぎ？」

「いや、綺麗だ」

「もー、そればっか」

文句を言ってるようで、顔は嬉しそうだし俺は満足。

「案外……似合うんだな」

「案外ってなぁに案外って」

珍しくヒールを履いて（どうりで荷物が多いと思った。まぁ車だからいいんだが）格好つけてみせる凪子が、これまた可愛いし綺麗だった。俺はスラックスにシャツで、並んで部屋を出る。

夕食は最上階にあるレストランを予約している。

「……わ」

エレベーターを降りて、凪子が小さく感嘆《かんたん》の声を漏らす。鉄板が並ぶ調理台とシェフの向こうに、大きな窓と煌《きら》びやかな夜景。ウェイターに名前を告げると、鉄板前のカウンターテーブルに案内された。笑顔のシェフに食材を案内されながら、凪子は嬉しそうに目を細めた。

(……良かった)

心からそう思う。

普段は忙しくて、凪子をどうしても寂しがらせているから……ふたりでいるときは、少しでも楽しい思い出を作りたかった。

(子供ができたら、こうはいかないだろうからなぁ)

少し寂しく思う。でも幸せだろうな、とも思う。

運ばれてきた食前酒と、前菜で乾杯。

「康ちゃん、ありがとう」

凪子が微笑《ほほえ》むと耳元のピアスが揺れる。

「こんな素敵なところ」

「……うん」

嬉しげに目を細めてくれるから、俺は胸が痛い。

それこそ——「痛くて甘くて、切なくて苦しくて嬉しい」。恋心。凪子もようやく(本当にようやく、だ!)俺に気持ちを向けてくれている。

（教えても良かった、けれど――）

凪子、それは恋だ、俺に恋してるんだって。

けれど、そうしたら――凪子は単純だから、簡単に納得してしまうんだろう。それではだめだ、と思う。凪子自身に、気が付いて欲しかった。

凪子は俺のことが――好きなんだって。

「康ちゃん、なにぼけっとしてるの？」

「してないぞ」

「ふうん？」

凪子は不思議そうに首を傾《かし》げた。

鉄板焼きのコース料理は、出来立てというのを差し置いても驚くほど美味《おい》しくて。凪子も珍しく、こくこくとお酒が進んでいた。主に、ワインで――

（珍しいな）

凪子は普段、あまり――というか、ほとんどワインを飲まない。好きじゃないのか、と思っていたけれど、この飲みっぷり、嫌いではなさそうだ。

「……おいし、かったぁ！」

デザートのフルーツシャーベットまで食べ尽くして、レストランを出る。満足げな凪子の頬は、いつもより赤い。よく飲んでいたからなぁ。

「酔ったか？」

「ん……少し」

凪子は頬に手を当てた。それから俺を見上げる。

「ねえ、もう少し飲もうよ」

「大丈夫か？」

「潰れたら抱っこして」

「それはいいが」

お安い御用だけれども……やはり、酔っているようだった。それも、かなり。凪子と並んで、レストランの向かいにある別のラウンジへ向かう。

こちらも夜景が素晴らしく、平日というのもあり、ほとんど貸切のようになっていた。長崎港を見下ろせる窓際の席に案内されて、ゆったりとしたソファに身体を沈める。

「さっき飲んだスパークリングの白ワイン、美味《おい》しかった」

「前菜のときのか？」

メニュー片手にそんな会話をしていると、ウェイターが微笑を浮かべる。

「でしたら、こちらですね。長崎県内で作られたワインでございます」

「へえ！　あ、じゃあそれを」

凪子がその白ワインを注文して、俺はビールを頼んだ。こういうときにカクテルだとかを頼んで、格好つけられたら良かったんだろうけれど……

　すぐに運ばれてきたそのふたつで、乾杯をして。

「おいし！」

「買って帰るか？」

「佐世保には売ってないかな？」

「どうだろうか」

　そんな会話をしながら夜景を眺める。凪子は上機嫌で、ゆったりとワインを飲んで——とろり、とした目がやたらと、なんというか、エロくて「まずいな」と思う。

　さっきあれだけ抱いたのに、まだ、足りない……

　凪子が欲しくて欲しくて、頭がおかしくなってしまいそうに……いや、すでになっているのか。

　凪子がいい加減酔いが回ったようなので、エスコートするようにラウンジを出た。

「康ちゃんは〜、ザルだねぇ〜」

「肝臓が丈夫なんだ」

「いいな」

　ケタケタ、と凪子は笑いながら俺に身を寄せる。どきんと心臓が脈打った。下半身に血が集まりそうで、慌てて別のことを考えた。

部屋に戻るやいなや、凪子はぽすりとベッドに横になる。ヒールが床にぽろりと落ちた。

「凪子、大丈夫か？　水」

「ん」

凪子が、上半身を起こしてペットボトルの水をこくりこくり、と飲む。その喉がなんだか艶《なま》めかしくて――

「ねえ康ちゃん」

おいでおいで、と凪子に手招きされた。近くまで行くと、ぐい、と腕を引かれてベッドに連れ込まれる。

「凪子？」

「ね、康ちゃん……私のひみつ、知りたい？」

「秘密？」

「うん」

凪子がにこにこ、と笑う。

「秘密。康ちゃんにだけ、教えてあげるね。他の人には内緒だよ？」

「……」

黙って、至近距離で凪子を見つめ返す。凪子は艶やかに笑った。

「私ね、ワイン飲むと……すっごく、えっちくなるんだぁ」

実に楽しげに、凪子は笑っている。その笑顔は、いつもの無邪気なもので……なのに、とても艶《なま》めかしい。上がった口角が、色気立つように。

「だからね、……しよ？」

凪子が俺の首に触れる。つつ、と首筋を撫でながら上へ……耳朶《じだ》に触れて軽く揉むように。

「あ、でもさっきしちゃったから……今日無理？」

「無理だと思うか？」

凪子の太腿《ふともも》に、服越しに押し付けたソレ。痛いくらいに硬くなって……ああもう、凪子がこんな風になるのがいけない……。凪子は嬉しげに目を細める。

「ふふふ、嬉しい」

「セックスできるのが？」

「ううん」

凪子が首を横に振る。

「康ちゃんが……私で興奮してくれてるのが」

どこか切なげなその視線が、たまらなく愛おしくて。

「……っ」

唇に噛み付く。ほとんどそんな勢いでキスを重ねる。無理やり押し入った凪子の口の中は、甘く切ない味がした。凪子をシーツに縫い付けるように、ぐちゃぐちゃと口の中を掻き混ぜ、舌を吸い上げた。

「っ、く、ふぅ、……っ」

苦しそうな凪子の声。

でも……余裕はなくて。

ストッキング越しに、凪子の太腿《ふともも》を撫で回した。びくりと反応して腰を揺らす凪子。唇を離す。つぅ、と銀の糸が繋がって、凪子はこくりと喉を動かした。凪子をころりとうつぶせにして、ワンピースのファスナーをじぃ、と下ろした。白い背中にキスを落とす。何度も、いくつも。ぴくんと凪子が震えた。さらりとそのまま、脱がせてしまう。下着も全部剥《は》ぎ取って……凪子がちらりと振り返る。

「康ちゃんも、脱ご?」

滑らかな視線。……なんでも言うことを聞いてしまいそうな。バサバサと床に服を投げ捨てる間に、凪子が身体をこちらに向ける。

「……ね、康ちゃん……」

苦しそうな声。

「も、我慢できないの……挿れて」

きゅ、と俺に抱きついて。確認しようと触れると、もうぐしょぐしょだったソコから溢れて、内腿《うちもも》まで濡れていて。

「……引いた？」

「いや？」

さっき使ったから——ヘッドボードに置きっぱなしだったゴムの箱を手繰《たぐ》り寄せる。

凪子を押し倒して、ぐ、とソコに自身を宛《あ》てがう。薄い皮膜に覆われた先端をずぷりと挿れ込むと、凪子のナカがビクビクと痙攣《けいれん》した——凪子の口から溢れる、切なげな声。

「……っ、凪子。イった、のか」

これだけで？　奥まで挿れたら……どうなるんだ？

「……ん」

はふはふと熱い息で、凪子は目尻に涙を浮かべている。

「大丈夫か？」

「う、ん」

凪子がぎこちなく笑う。どこか健気《けなげ》なその表情に、胸が苦しい。

「凪子。その、……」

俺だけ、と言っていた。秘密だと。だとすれば……凪子はここまで酔ってセックスするのは初めて、なのか？

言い淀む俺に、凪子は首を傾《かし》げた。

「……っ、酔ってこういうことするの、は」

「初めて、だよ？」

凪子は浅く腰を動かしながら言う。

「だって、……弱味、見せてるみたいじゃない？」

「弱味？」

「ん……カッコ悪い、っていうか、見せたくない部分、っていう、か」

は、は、は、と凪子は息をしながら言う。

「なぜ」

俺は凪子の頬に手を触れてみる。滑らかな頬。凪子は気持ち良さげに擦り寄る。猫みたいだな、と思った。

「なぜ、俺には」

そんなところ、見せてくれるんだ？　凪子はにっこりと笑った。

「康ちゃんならいっかな、って思ったの。……だめ、だった……？」

「いや、嬉しい」

即答した。嬉しい。嬉しくて、苦しい。

ずぶずぶと、凪子の奥まで進んでいく。

「ぁ、ぁ、あ、あ……！」

凪子のあまりに上擦った、切ない声に思い切り反応してしまう。

「ぁ、イ……っ、く……うっ、康ちゃ、おっきくしないでぇ……っ！」

ほとんど動いていないのに、凪子の薄い腹が震えるほどに……凪子は感じていた。

「あ、あ、あ……」

まだ痙攣《けいれん》し続ける凪子のナカで、じゅぷじゅぷと動く。凪子の両眼から、きらきらと朝露《あさつゆ》のような涙がぽろぽろと落ちた。

「イってるぅ、っ、康ちゃんっ、イってる、とこなのぉっ」

凪子のナカの肉襞が、どろどろに蕩《とろ》けながら俺を締め付ける。キュンキュン締まって、ぐちゃぐちゃに蕩《とろ》けて、最高に気持ちがいい……！

「凪、子っ、……好きだ」

押し潰すように、抱きしめる。余裕なんかまるでない。

ぐちゅんぐちゅん、と淫《みだ》らな水音が止まらない。寸前まで引き抜いて、また奥まで一気に押し込む。

「ゃあ、ぁあンっ！」

跳ねようとする凪子の身体を抱きしめて押しとどめる。奥までゴリゴリと自身を打ち込む。凪子の奥が蠢《うごめ》くように吸い付いてくる。

「好き、好きだ。愛してる、凪子」

「ぁ、あッ、こぉ、ちゃんっ！　ずるいっ、そんなの、ずるいよぉっ、きゅんってしちゃう！」

凪子は半泣きで喘《あえ》ぎながら、そんなことを叫ぶ。

「してくれ」

「や、やぁっ、また、ぁ、きちゃう……！」

強く、強く、引き抜いては突き上げて。そのたびに乱れていく凪子。

「ぁ、あッ、きもち、いっ、やぁっ、死んじゃうっ、死んじゃうよぉ……っ」

凪子の身体からは、ほとんど力が抜けている。ぽろぽろと涙を流しながら、ただイき続けていて。

「康ちゃ、康ちゃ……ん」

「凪子、凪子……っ」

唇を重ねる。手を、指を強く絡ませて。

ひたすらキツく抱きしめたまま、腰を欲望のままに振り続けた。凪子のナカが一際強く収縮して、俺は荒い息のまま、そのまま皮膜越しに欲を吐き出す。びくんびくん、と——緩く腰を動かして、全部吐き出した頃には、凪子はスヤスヤと眠っていた。

その髪をそっと撫でる。

穏やかな寝顔に、また愛おしさが積み重なっていって——これ以上大きくなりよう

がないと思っていた、凪子への愛情が……毎日の暮らしの中、さらに大きくなっている
ことを自覚する。
「俺を殺す気か」
凪子はむにゃむにゃと幸せそうな寝顔。
小さく頬を緩めて、その額《ひたい》にキスを落とした。
おやすみ愛おしい人、いい夢を。

――翌朝。

予定を大幅に過ぎた時間に起床した凪子は、開口一番にこう言った。

「や、やっぱり！　酔ってえっちしちゃだめだ！」

「なぜ」

「疲れちゃうもん！　もうあんなに飲まないっ！」

慌てて身繕いする凪子をノンビリ眺めながら、乱れてる凪子も可愛いのだけれどなぁ、
と少し残念に思ったりするのだった。

27　う、運動会？（塩原視点）

いきなり佐世保の実家に帰省したあたしに、母さんは思い切り訝《いぶか》しげな顔をした。

「明日の、それのためにいきなり帰ってきたと？」

「そーよ」

不可解です、って顔してる母さん。言っておきますけどね、あたしにだって意味わかんないんですよ。

「はー？　町民運動会？」

ことの起こりは……そもそもはあたしが一目惚れをしたことに端《たん》を発する。

仕事の関係で挨拶をした鮫川一尉《いちい》に、生まれて初めて、一目惚れした。すっと伸びた背筋、精悍《せいかん》な面差し、きりっとした雰囲気。きっちり制服を着こなして、キビキビした態度で、落ち着いた話し方で……。イケメンというより、……イケメンなんだけどそれだけじゃなくて……そう、「男らしい」人。でもその左手薬指には、きっちりと銀の指輪。

（そりゃそうだわ）

若干の諦《あきら》めモード。こんな良いオトコ、とっくに既婚よね……。その後も何度か話をしたけれど、……それも、「奥さん」のストーキング被害の件とかで……鮫川一尉《いちい》の印象が変わることはなかった。

きっちり、真面目な良いオトコ。常に凛としてる。きっと、普段からそうなんでしょうね。

だけれど、たまたま……たまたま、取引先と会食に行った中華料理屋で、プライベートの鮫川一尉《いちい》を見かけて。

（……うそ）

穏やかだった。

ううん、むしろ……ぼけっとしてた、と言ってもいいかも……リラックスして、ゆったりと向かいに座っている奥さんらしき女性と過ごしていて……

それが、なんだか……無性にムカついた。あの顔は、多分奥さんにしか見せないんだろうなと、そう……気が付いたから。

欲しくなった。

あたしにも、見せてくれたって……一瞬そう思って、恥ずかしくなった。その恥ずかしさが、また苛だちを生んで。気が付いたら、奥さんにとんでもなく失礼なことを……でもなかば本心で、告げていた。

『あなたになら、勝てそう』

きょとん、としている瞳を見ながら、フツフツとなにか心の裡《うち》から湧いてくるものがあった。

踵《きびす》をかえす。

(やってしまった――)

後悔と羞恥《しゅうち》と、それからどこかスッキリした感情と。

そうだ、既婚かどうかなんて、関係ない。あたしは鮫川一尉《いちい》が好き。

あの奥さんだって、……多分、頭はあたしのほうがいい。顔も。スタイルだって。

負けてない。

そうよ、負けてない。全然。

あとはどうアピールしていくか……

なんて考えていた矢先、というか、宣戦布告のその翌日。

取引先の人を迎えに行った長崎市内のホテル、そのロビーであたしと鮫川夫妻はバッタリと遭遇した。

『……あ』

戸惑うような、奥さんの視線。

鮫川一尉《いちい》はきりっとした顔で『奇遇ですね』と淡々と言う。それだけで胸がキュンとした。

奥さんはあたしをジッと見つめている。あたしは敢《あ》えて姿勢を正す。

どう？　なんて思う。胸だって大きいし、腰だって細いし――
『たしかに、足は速そうですね』
『……へ？』
今、奥さんが言った内容が、……一瞬理解できなかった。足が……速い？
『たしかに』
鮫川一尉《いちい》も頷《うなず》く。
『失礼ですが、五〇メートル走のタイムは』
『……は？　あの。七秒半……くらい、でした……』
高校のときですが、と言い添えて。
奥さんは『七秒台だー！』と驚愕《きょうがく》した。
……え、そこ？　え？　ていうか、なに？
『どうしよう康ちゃん！』
『落ち着け凪子、しかし、パン食い競争は単純なタイムじゃないぞ』
『でも塩原さん背も高いしっ！』
『勝機はある。練習しよう』
『……？』
あたしはポカンとふたりを見つめる。なに？　なんの話が進んでいるの？

『と、いうわけでですね、塩原さんっ』

奥さんはあたしを見て言う。

『町民運動会の種目、私はパン食い競争に参加予定ですっ！』

『……あ、はい……』

『正々堂々！　高校球児のように頑張りましょう！』

『は、はい』

勢いに押されて、あたしは頷《うなず》く。町民運動会って、うちの町内の運動会よね？　……そういえば、実家は鮫川一尉《いちい》の家の近く。例のストーキング騒動で知って……え？

『では、運動会でお会いできるのを楽しみにしています』

夫妻に頭を下げられて、勢いであたしも頭を下げて——ロビーの自動ドアを出て行くふたりを、ただ見送る。

『……え？』

あたしの宣戦布告の……なにをどうしたらそうなるの？

わからない。わからないけれど……挑まれたからには。

「あたしはただ、全力でパンを食べるのみ」

あたしはぐっと拳を握り、いきなりの帰省で驚いている母さんに勝利を誓う。

「……なにがなんだかわからんけど、パンは袋に入っとるけん、走っとる間は食べれんよ」

「あ、そう」

「まあお父さんはアンタ帰ってきて喜んどるけん」

母さんはそう言いながら、台所へ向かう。

「スイカ切ろうか」

「うん」

返事をしながら思う。

待ってなさいよ鮫川嫁、あたしに挑んだことを後悔させてあげるんだから——！

最初にゴールテープを切るのは、あたしよ！

あたしはなんだか、当初の目的を見失ったような気がしつつ……そんなことを考えていたのだった。

28　怒ってますねえ、塩原さん

「鮫川さんもそう思うでしょ？」

「ですです」

「アラサーと十代、一緒に走らせるなんてナンセンスよねっ」

ぷりぷりと、私の横で怒りながら体育座りでアンパンを食べているのは、件《くだん》の塩原さん。

「ぴちぴちしてましたね～、活きが良かったですね～、女子高生」

「あたしたちと、三秒は差があったわね」

「あはは！」

私も体育座りでアンパンをもぐもぐしながら笑う。

今私たちがいるのは、小学校のグラウンドに設営された町名が書いてある白いテントの下……の、ブルーシートの上。私と塩原さんのガチンコ勝負（？）のパン食い競争は、他の走者（女子高生）によって圧倒的敗北を喫《きっ》したのでありました。

「……肉離れ寸前だったわよ」

「うぇ、マジですか」

塩原さんはため息をつく。と、そのとき背後から声をかけられた。

「なんね、アンタ友達が出るけん急に帰ってきたと」

「母さん」

塩原さんが振り向く。

私も振り向くと、塩原さんのお母さん……だよね？　塩原さんそっくりの、美人な奥様。

「あ、こんにちは～」

とりあえずご挨拶。塩原ママはニコニコしながらスポーツドリンクを一本ずつ、くれた。

「わ、ありがとうございます！」

アンパンは美味《おい》しいけど、喉も渇いてたんだよね。塩原さんはなんだかムニャムニャした顔をしてドリンクを受け取る。

「……友達」

胡乱《うろん》な視線を向けられた。と、友達……ではないよね？　私が首を傾《かし》げると、塩原さんはふ、と肩から力を抜いて「うん」と塩原ママに言う。

「この子とパン食い競争の約束しとったけん……」

「あらそ。仲良くしてもらってありがとうね～、いじっぱりな子やけどよろしくね～」

「もう母さん、あたし何歳だと」

塩原ママは楽しげに歩き去って行く。

塩原さんはムッとした顔のまま、スポーツドリンクを飲んだ。

「……塩原さん」

「なに」

「方言、可愛いですね」

「……っ、出てた⁉」

「出てました」

塩原さんは耳まで真っ赤になる。可愛いなこの人……

とりあえず、いただいたスポーツドリンクをありがたくごくごく飲んでいると、アナウンスが流れる。

『つぎは、男子一〇〇メートル走です』

男子、の年齢がどうかはさておいて……康ちゃんがこれに出るのです！

「肉離れしないかなぁ」

少し心配になって呟くと、塩原さんが肩をすくめる。

「鍛えてらっしゃるんじゃないの？　一尉《いちい》」

「一〇〇メートルスプリントは訓練にないと思うんですよね～」

「まぁ……」

塩原さんは少し迷ったようにしながら「いつからのお付き合いなの？」と目線をよこす。

「え？　ええと？　付き合い？」

「あー。あなたと、旦那さん。知り合ったのって」

「あ、それは生まれたときくらいです。実家が近所で、幼馴染で。幼稚園から高校まで」

「へえ」

塩原さんは少し驚いたように言う。

「どのあたりから付き合ってるの？　高校とか？」

「えっ、と」

私は口ごもる。康ちゃんはずっと……私を好きでいてくれたけれど。私は苦笑いする。

「なんか、……私、鈍くて。康ちゃ……じゃない、あの人の気持ちに、気が付けなくて。ずっと好きでいてくれた、って知ったのも最近で」

小学校のグラウンドには、なんとなく秋らしい風が吹いてるけれど、照りつける日差しはまだまだ暑い。

「だから、ええと。こうなったのが不思議っていうか」

「そう、なの」

塩原さんは呟くように言う。

「鮫川一尉《いちい》、年季の入った片想い、してらしたのね」

そう言われると肩身が狭《せま》い。塩原さんは声のトーンを変えて、目を細めた。

「足は速かったの？　一尉《いちい》」

「はぁ……幼稚園の頃から、足は速かったような気はしますけど」

康ちゃんの並んでる横の列、一緒に走る走者の中に……どうもピチピチしてるのがいそうですよ！　無理はしないでねと思念を送る。すると康ちゃんと目が合った。どうやらボーッとしてるな。うん、と頷《うなず》かれた。

（いや、なんの「うん」なの？）

じとりと目を細めると、不思議そうに首を傾《かし》げる。ああ多分、なにも伝わってないなコレ……

「そう。幼稚園……幼稚園、か」

塩原さんはぼうっと言う。

「そっか、かないっこ、なかったのか」

「敵《かな》う？」

「あ、他の人が……敵《かな》いっこないって。足、速いんでしょう？」

旦那さん、と塩原さんは笑った。なんだか、笑顔を初めて見た気がした。

やがて、康ちゃんたちの番がくる。

「よーい」

町内会のおじさんの掛け声。ぱあん、とスターターピストルが鳴った。

抜け出したのは、康ちゃんとピチピチ君（多分、高校生！　しかもあの坊主な感じ、陸上部か野球部だっ！）。

「は、速いじゃない！」

なぜか塩原さんは（敵チームなのに）興奮して応援してくれている。私はぼうっと、高校の体育祭以来久しぶりに康ちゃんが走るのを眺めて――

（あ、かっこいい）

なんだか素直に、そう思った。ゴールテープ直前、ピチピチ君がぐん、と少し抜け出して——私は叫ぶ。

「こらー、康平っ！　負けるなっ！」

康ちゃんが足を大きく踏み出す。

ほとんど同時に（見えた）白いゴールテープは揺れて……

「お、審議だ審議」

「ハナ差だハナ差」

町内会のおじさんたちが、楽しげに笑う。

私はちょっとドキドキしてて、塩原さんも緊張してる。

ややあって、町内会長さんが康ちゃんの手を掴んで高く掲げた。わあっと歓声が湧く。

「やったぁあ！」

塩原さんが私に抱きつく。私はぽけーっと、康ちゃんを見ていた。

なんだか頬が熱くて、振り向いて「うん」って私を見て、少ーしだけ笑ってる彼を見つめて、——ただドキドキすることしか、できなかったのでした。

29　ツボがわかんない

康ちゃんはやたらと嬉しそうだった。

「一番になったのが嬉しかったの？」

「いや、凪子から呼び捨てにされたから」

秋空の下、運動会からの帰り道。

トンボがすうっと飛んでいく、薄い雲がさらりと散らばる秋空の下、康ちゃんは機嫌良く目を細める。

「それに応援してくれたし」

「応援はするでしょ……」

私の声はちょっと尻すぼみになる。なんでそんなことで、こんなに嬉しそうにしてくれるのかな。

康ちゃんのツボ、いまいちわかんないんだよなー。

「あのー」

私のすぐ横から、少し呆れたような声。

「人前でイチャつくの、やめてもらえません？」

「……あ」

塩原さんの、面倒くさそうな顔。私は慌てて「いやそのイチャついてるわけではっ」と手を振る。塩原さんは肩をすくめた。

「ま、踏ん切りがつくからいいけど」

「踏ん切り？」

「気にしないで。あ、じゃああたし、ここですから」

塩原さんは大通りを曲がる。

にこりと快活に手を振る塩原さんに手を振り返して、私たちはまた歩き出した。

「運動が好きな人なんだな」

「運動もだろうけれど、イベント好きかな？　張り切ってたよね～」

町民運動会。塩原さんはパン食い競争のあと、やたらと張り切って色んな競技に参加していた。

「ストレス発散には運動がいいらしいよ」

「元気な人だな」

うんうん、と康ちゃんと頷《うなず》き合う。ふと目が合って、康ちゃんは優しく言った。

「友達ができて良かったな、凪子」

「と、友達なの、かな」

でももしかしたら、友達になったのかもしれない。にこにこと頷《うなず》くと、ぽんと頭を撫でられた。

帰宅して、少し疲れたのかソファでウトウトしてしまう。ぱちり、と目を覚ますと、すっかり夕方で……

「わ、寝すぎた？」

「大丈夫か、凪子」

康ちゃんが麦茶を差し出してくれる。

「陽に当たりすぎたか？」

康ちゃんはさすがというか、疲れたそぶりもない。私は首を傾《かし》げた。

「どうかなー。でも寝たらスッキリしたよ」

「そうか」

良かった、と康ちゃんが柔らかく言う。私はなんとなく、顔を背《そむ》けた。頬が熱い気がする。

そっと、優しく康ちゃんの手が頬に触れた。見上げると、やっぱり柔らかな視線を向けられて――なんだかふんわり、心が溶けてしまいそうな。

康ちゃんがそうっと、ソファに乗る。

私はゆっくりと目を閉じて、康ちゃんが近づいてくるのを待って……と、そこで聞き慣れた明るいメロディ。

『お風呂がわきました』

ぱっと目を開く。至近距離で合う、瞳。しばらく無言で見つめ合って、ほとんど同時に噴き出した。特になにがってわけじゃないけれど、面白くて。

「ああ、もう……康ちゃん、お風呂入れてくれたんだ」

ん、と康ちゃんは頷《うなず》いて、しばし思案顔。

「どしたの？　お先にどうぞ」

私はもう少しダラダラします、と宣言したところで、ふんわりと身体を持ち上げられた。

「んっ？」

「一緒に入ろう、凪子」

「なんで？」

「疲れてるみたいだから」

康ちゃんは、なんでもないことのように言う。

「洗ってやる」

「……あの、もう立派な大人でしてー」

「たまには甘えろ」

「甘えてる！　普段から甘えてるからっ！」

お姫様抱っこのまま手足をバタバタさせるけれど、康ちゃんはがっしりしてるからなんの抵抗にもなってなくて……！

「じゃあもっと甘えてくれ」

「や、やだよう。恥ずかしいよっ」

康ちゃんはふと黙って、私を見つめる。

「な、なぁに」

「凪子、すまん。俺は変態かもしれん」

「……へ？」

「凪子が風呂で恥ずかしがってるの想像して、正直興奮してる」

「……！」

ツボがわかんない！　ほんとにわかんない！　わかんない間に、脱衣所でゆっくりと服を下ろされる。

「康ちゃん、退《ど》いて」

康ちゃんは脱衣所の扉前に陣取って、私が逃げられないようにしてる。こころなしか、なんだか楽しそう。

「無理な相談だ」

そう言いながら、さっさと服を脱いで——相変わらずの鍛えられた身体に、なんだか照れて目線を下に逸《そ》らす。

「……っ、康ちゃん⁉」

びっくりした。

だってもう、なんか、だってなにもしてないのに……康ちゃんの、ちょっとおっきくなってて。

「興奮したと言っただろう」

「いや、でもだって、やぁんっ！」

康ちゃんのツボぜんぜんわかんないよー！　慣れた手つきで脱がされながら、でも大して抵抗してない私も私だよね、なんて思う……

「凪子、可愛い」

素っ裸に剥かれた私の乳房をペロリと舐めて、康ちゃんは言う。

「う、康ちゃん、私、汗っ」

「うん。それも可愛い」

「ば、ばかー」

意味わかんないよう。康ちゃんはそのまま、乳房の先端をくちゅんと口に含んだ。

「は、ぁっ、や、……ッ！」

びくりと肩を揺らす。康ちゃんが密かに笑う気配がして――そのまま、康ちゃんのあったかな口の中でくちゅくちゅと弄《もてあそ》ばれる。

「あ、あっ、やっ、きもち、ぃ……！」

言った後に羞恥《しゅうち》が襲う。康ちゃんは先端を甘噛みして、私は康ちゃんにしがみつく。

「ぁ、ぁ、あ……！」

びくびくしてる私から口を離して、康ちゃんは私を見つめて、やたらと真剣に言った。

「凪子、知ってるか？」

「な、なにを……？」

やっぱりクソ真面目な口調で、康ちゃんは続ける。

「運動後の女性は……すごく、感じるらしいぞ」

「なにそれどこ情報っ⁉」

ハッと正気（？）を取り戻して小さく叫んだ私を、康ちゃんは軽々と持ち上げて浴室に入る。

「凪子はどこから洗う派だ？」

康ちゃんは私を子供みたいに膝に乗せて、お風呂の椅子に座る。うー、壊れないかなお風呂椅子。

ちら、と正面の長細い鏡越しに康ちゃんの顔を見るけれど、なんだか飄々《ひょうひょう》としてて――

小さくため息。

（こ、これは抵抗してもだめなときの顔だ……）

私は諦《あきら》めて「頭」と答えた。康ちゃんは「当たり前」みたいな顔で「了解だ」と答えて、シャワーヘッドを手に取る。

「目を閉じて」

軽く目を閉じて、ぬるめのシャワーの水圧を感じる。……本当に、子供扱いされてるみたいで……でも腰あたりにがっつり、康ちゃんのが硬くなって当たってるんだよなぁ！

「あ、あのね康ちゃん」

「なんだ？」

でも康ちゃんは気にしないそぶりで、さっさとシャンプーをプッシュ。しゃかしゃかと私の髪を洗い始める。

「……」

「凪子。なんだかとろん、としてるな」

「うぅ……」

気持ちいい。ふつうに気持ちいいよ、頭洗ってもらうのー！

「また眠くなっちゃう……」

「それは困るな」

康ちゃんはいたって真面目な風情《ふぜい》でそう答えた。

「とても困る。……流すぞ」

そう言って、優しく頭にシャワーをかけて……。次に手に取ったのは、ボディーソープ。

「あ、康ちゃん。髪、コンディショナー」

「凪子が寝ると困るから、先にこっち」

「え？」

康ちゃんはボディーソープを手で泡立てると、迷いなく私の胸に触れてくる。

「ひゃん！」

「洗っておこう」

鏡の中の康ちゃんは、いたって普通の顔。

んん⁉ 感じて喘《あえ》いじゃってる私が変なの……っ⁉

混乱してる私の胸を、やわやわと泡で洗っていく康ちゃん。その指が、やたらと艶《なま》めかしくて……ああ、どうしよう、私のほうが変態なのかな……

「……っ、ふ、ぁ」

恥ずかしくてぎゅっと目を閉じて……ああでも失敗だ、視覚がないと余計に感じちゃう……！

ぱっと目を開けると、康ちゃんと鏡越しに目が合う。軽く微笑《ほほえ》んで、康ちゃんは私の耳を噛んだ。

「可愛い、凪子」

耳朶《じだ》に直接注ぎ込まれる、康ちゃんの甘い声に、くてんと身体から力が抜ける。

康ちゃんは手を滑らせて、胸以外の……お腹や腰や、首を洗い始めた。そのたびに、私はびくびくと反応してしまって。

「ぁ、っ……」

鼻にかかった、甘えたような声。恥ずかしくて目を伏せる。その間に、康ちゃんの手がまた、胸の頂《いただき》に。びくりと反応する私。

「……硬くなってる」

康ちゃんが少し揶揄《からか》うような口調で言った。私はブンブン首を横に振る。

「こ、康ちゃんが触るからぁっ」

「そうだな」

そんな会話の合間にも、康ちゃんは乳房とその先端をくちくちと弄《もてあそ》んで。

「……っ、はぁ……っ、ぁっ」

私の口からはどうしたって甘い声しか出なくて……。くりっ、と先端を潰すように弄《いじ》られて、びくりと反応してしまう。ていうか、し、執拗《しつよう》すぎるよう！

「こ、康ちゃんっ、そんなにっ、弄《いじ》らないでぇ……っ」

「洗ってるだけだ」

「あ、洗いすぎっ、だよぉっ、そ、そんなに私っ、汚くないもんっ」

唇を尖《とが》らせるものの、康ちゃんはいたって真面目な口調で続ける。

「そうだろうか。いつも俺が口に入れるから、汚れているかも」

「洗ってるってば！」

「そうか」

ぜんぜんやめてくれる口調じゃない……！

お腹のナカが疼《うず》く。とろり、と康ちゃんを欲しがって、ナカから液体が溢れてきて、る、感覚……。康ちゃんはふ、と私の胸を弄《いじ》るのをやめて……上半身泡だらけの私をぎゅう、と抱きしめる。

「……康ちゃん？」

「嬉しかったのは、な」

康ちゃんの、少し掠《かす》れた声。私は身体をよじって、少し振り向いた。康ちゃんは私に頬擦りをして、鼻の頭にキスをする。

「凪子が応援してくれたから」

「それは、聞いたけど」

運動会の話……？　首を傾《かし》げる私に、康ちゃんは続ける。

「俺だけを、応援してくれたから」

「……？」

康ちゃんはきゅうきゅうと私を抱きしめて。

「今まで、な……中学でも高校でも。凪子、彼氏の応援、してただろ」

「……あ、えっと、それ、は」

そうなんだけど。……それは、そう。しゅんとした私に、康ちゃんは笑う。

「いいんだ。勝手に拗ねていただけ」

「でも」

康ちゃんは、その間……ずうっと。

胸が痛い。なんだか、切なくて。康ちゃんはまた、私に頬擦りをして。

「でも今日は……呼び捨てで、俺のことだけ応援してくれた。それだけで」

重なる、唇。優しく触れたそれは、すぐに離れて――康ちゃんの手が、下腹部へ。

「ひゃん！」

康ちゃんの指が、私の感じちゃう、敏感な肉の粒を優しく潰す。

「やぁ、……ぁッ！」

思わず開きそうになる脚。康ちゃんは感慨深そうに言う。

「こうして、凪子が俺の腕の中で……俺の好きにされてるのが、奇跡みたいに嬉しい」

「あっあっあ、ぁ……！」

言ってることは甘いのに、やってることはすっごく淫《みだ》らな康ちゃん。指がつぷつぷとナカに埋め込まれていく。

「っ、ぁ、はぁ……っ！」

康ちゃんの腕を掴んで、快楽に耐える。

「とろとろだな」

康ちゃんはどこか嬉しげに、そう呟いた。

30　懇願《こんがん》（康平視点）

「ゃ……っ、だ、めぇっ……」

なにがだめなんだろう。

俺は凪子の、柔らかな太腿《ふともも》に触れながらそう思う。

ボディーソープはざっとシャワーで流して──「よく流さなきゃな」と、凪子の膝裏を押し上げて、片脚を上げさせた。

太腿《ふともも》の裏を支えながら、シャワーで凪子の陰部を綺麗に、……そう、綺麗にして。

「っ、ぁ、もう、康ちゃんっ、いじわる……っ」

凪子の鼻にかかった甘い声が、浴室に小さく響く。散々指で弄《もてあそ》んだソコは、もうトロトロのぐちゃぐちゃで、洗っても洗ってもトロリとした凪子の愛液でぬるついたまま。

「も、せっけん、落ちてるって……」

「うん」

凪子の顔はもう蕩《とろ》けていて……その顔を見ていると、もっと「色々」したくなるから俺はもうどうしようもない男なのかもしれない。

太腿《ふともも》を上げていた手を伸ばして、凪子の肉芽をくりっ、と剥いた。そこにシャワーの湯をそっと当てる。

「……!?　やっ、ぁ……！」

凪子の身体がびくりと跳ねて。

「こ、ぉちゃ、……っ！」

さっきから、凪子は鏡を見ないようにしていてとても可愛い。

でも俺としては、見て欲しい。誰にこうして乱されているのか、はっきりと感じて欲しい。

「凪子？」

そっと耳を噛む。

凪子は喘《あえ》ぎながら、なぁに、と振り向こうとして。

「鏡」

端的にそう告げて、指を凪子のナカに進める。ぐちゅり、と蕩《とろ》け切ったソコは熱く柔らかで、同時に狭《せま》く思うほどに吸い付いてきた。

「っあ、はぁ、んッ⁉」

「ちゃんと見て」

親指とシャワーは、相変わらず凪子の肉芽に刺激を与え続けている。凪子のナカがぴくぴくと痙攣《けいれん》しだして、いて。

「やっ」

「凪子」

抵抗しようとする凪子の名前を、少し低く呼ぶ。凪子は半泣きで、鏡に目をやって「やだぁ」と小さく叫ぶ。

「誰にイかされるのか、ちゃんと」

耳の傍で、なかば懇願《こんがん》するようにそう告げた。

見ていて。誰がきみをこうしてるのか、誰にイかされるのか、自分が誰のものなのか。

凪子は涙目で、眉根をきゅうっと寄せ、快楽でぐちゃぐちゃになった顔で羞恥《しゅうち》に頬を染めて——それでも、鏡から目を離さない。

「いい子だ」

指の動きを、少し速めた。凪子の指でされてキモチイイところを、シャワーの水音でも隠しきれないぐちゅんぐちゅん、という淫《みだ》らな水音をさせながら——。凪子の両手が、俺の二の腕を掴んだ。——その痛みは、甘い。

「ぁ、ぁ……っ！」

びくりと凪子の身体が跳ねて、同時にナカがきゅんと締まる。

シャワーを止めて、床にごろんと置く。力が抜けている凪子を、きゅっと抱きしめた。

そのまま抱き上げて、こちらを向かせる。向かい合って座って——凪子が、のろのろと頭を上げて俺を見つめる。その額《ひたい》にキスをして。

「凪子——腰、あげて」

なんのつもりかわかったのだろう、凪子はものすごく「エロい」顔で小さく頷《うなず》いて。

俺はもう、ギチギチに硬くなった自分自身を、凪子の蕩《とろ》け切ったナカにぐちゅりと挿れ込む。先端が埋まっただけで、凪子がぴくりと反応する。そのまま凪子に腰を下ろさせた。

「ああ……っ！」

凪子の自重《じじゅう》もあって、一気に奥まで挿入《はい》る。

凪子の奥はうねるように吸い付いてきて――蕩《とろ》けそうな吐精欲をやり過ごしつつ、凪子の表情を見る。

「……！」

「なぁ、に？」

「いや」

そうっと、凪子の髪を撫でた。凪子が気持ち良さそうにする。ぶわりと心があったかくなる。

「いや、なに？」

「うん。凪子、ものすごくエロい顔してるから」

「ふぇっ！」

凪子は目を見開く。

「し、してないよ！」

「してる」

凪子は俺の首のうしろに手を絡めて、俺は凪子の腰を両手でぐっと持ち、動かした。

「っ、はぁ、っ、やぁ……んッ！」

ぐちゅぐちゅと、粘膜をかき混ぜる淫《みだ》らな水音。やがて、凪子は自分から腰を動かし始める。

「ぁ、ッ、だめぇっ、康ちゃん……！」

半泣きの凪子は、自分から腰を動かしながらそんなことを言う。

可愛すぎか。

「凪子、俺なにもしてないぞ」

「……っ、ちが、だってぇ……っ！」

凪子が半泣きで、自分からイイところを探して腰を淫《みだ》らに動かしながら、そんなことを言う。

「ちが、ちがう、のぉっ」

「うん」

凪子の甘く蕩《とろ》けた顔を見ながら――こうも乱れるんだから、あの噂は本当だったのかもな、なんて思う。どこで聞いたんだったか――高校か、防大か。『運動したあと、女子はえらく感じるらしい』。

「あ、ぁっ、ぁ、やっ、イ、く……っ！」

凪子は俺にしがみつく。素肌がピッタリくっついて、心地よさと性的な快楽がぐちゃぐちゃになる。凪子をぎゅうっと抱きしめて――凪子のナカは激しく収縮した。そのままくてん、と俺に身体を預ける凪子を抱きしめる。

「可愛い、凪子」

「うぅ……」

凪子は半泣きの声で言う。

「恥ずかしくて……顔があげられないよう」

思わず笑う。

「そんな可愛い凪子、余計に見たくなる」

なかば無理やり顔を上げさせて、その柔らかな唇をぺろりと舐めた。

「ひゃぁ！」

「凪子のイく顔、めちゃくちゃ可愛いの知ってるか」

「し、知らない……っていうか、さっき」

凪子は思わず、という感じで口にして、慌てて口を噤《つぐ》む。

「さっき？」

凪子の目をじっと見つめながら、聞く。凪子は困惑したように目線を泳がせて、それから言った。

「み、見た、よ。鏡、で」

「俺の指とシャワーでイくところ？」

「……っ、い、意地悪」

凪子が可愛く睨むから——余計に苛《いじ》めたくなる。

「じゃあ、今度は」

ず、と凪子を抱き上げて自身を抜いて、鏡の前に立たせる。

「凪子、鏡に手をついて」

「……ええっ、と、康ちゃん？」

鏡の中で、困惑した凪子の表情が余計にそそる。うしろから抱きしめながら、凪子の耳元でそっと告げた。

「次は——俺の、にイかされる顔、ちゃんと見て」

31　なんかイジワルじゃない⁉

なんか、なんか、なんか……！　今日、康ちゃん、イジワルじゃない⁉

「っ……ふ」

お風呂場で、縦長の鏡に両手をついて——康ちゃんは、うしろから私のナカに先端だけ挿れて、少し動いては、また腰を引いて……

「ね、っ、なんで、奥、まで……してくれない、のっ」

ちゅぷり、って少し静かな水音とともに小さく動く康ちゃんに、ねだるようにそう聞く。

康ちゃんはゆるゆる、と私の腰や背中を撫でて……それすら気持ち良くてびくりとした私を見下ろしながら、目を細めた。

「凪子のナカ、気持ち良すぎて。堪能してたいから」

「た、堪能……？」

くちゅん、とさっきより奥に挿入《はい》ってくる、康ちゃんの熱……と、鏡越しに見える、なんていうかもう、とても見られたモノじゃない、私のカオ！

「っ、ふぁっ、きもち、ぃ……っ」

思わず背中が反る。

鏡には、康ちゃんのちょっと楽しげな顔も見えた。楽しげなのに、どこか……少し、急《せ》いているような、そんな雰囲気もする。

（……？）

鏡越しに、目が合った。左右反転されてても結局かっこいい康ちゃんは、じっと私を見つめる。

「俺、子供だな」

「へっ？」

康ちゃんはぎゅっと私を抱きしめる。と、同時に康ちゃんのがずぷずぷと挿入《はい》り込んで、きて……！

「っ、ぁあっ！」

「みっともない。嫉妬《しっと》してる、まだ」

そのまま、康ちゃんは動き出す。ゆっくりと、でも今度は確実に奥に、奥に、……って！

「ぁ、ふぁ、っ、しっ、と……？」

ん、って康ちゃんが小さく頷《うなず》く気配。

「凪子の彼氏に」

「カ、カレ？　元カレ？」

ゆっくりと続く抽送《ちゅうそう》に、ぐらぐらとお腹から湧き上がる悦楽《えつらく》で頭までいっぱいになりながら、なんとかそう聞き返す——彼氏？

「俺は……」

康ちゃんは切なそうな声で、言う。

「凪子の彼氏には、なれなかっただろう」

「……え、っ」

びっくりしている間に、かぷりと耳朶《じだ》を噛まれて。

「ひゃう！」

「『お付き合い』だって、婚約者スタートで」

康ちゃんは、私の耳を舐めたり噛んだりしながら、そんなことを言う。鼓膜に響く、康ちゃんの声。少しずつ、康ちゃんの動きが激しくなってくる。ぐちゅん、ぐちゅん、と淫《みだ》らな粘膜を濡らす音。

「っあ、ッ、あ、あ、あ……ぁあッ！」

思わず零れる喘《あえ》ぎ声。康ちゃんは身体を起こした。

「だから、……今更なにを言ってるんだと思われるだろうけれど。嫉妬《しっと》してる」

身体を起こした康ちゃんは、私の腰を掴み直して、強く腰を打ち付けた。奥にぐっ、と強く当たる康ちゃんの……！

「ぁあ……っ、やぁっ、ぁっ！」

「凪子、好きだ。愛してる」

康ちゃんにそう言われて、私は……やっぱり、切なくて苦しくて嬉しくて。

「こ、ちゃん……」

「凪子、ちゃんと鏡、見て。誰とシてるのか」

は、は、と康ちゃんの荒い息。胸がぎゅっとして、鏡越しに康ちゃんを見つめる。

「わ、たし……っ、康ちゃん、とえっち、してる、よ……？」

「……？」

「康ちゃん、以外の人っ、思い浮かべたりとかっ、してない……っ」

康ちゃんは鏡越しにじっ、と私を見つめて。

「康ちゃんのこと、だけっ……！　康ちゃんのことしか、考えてない……っ、もう、ずっと……」

ほろり、と涙が溢れて。快楽ゆえか、切なさのあまり、か……康ちゃんが目を見開く。

「康ちゃん、康ちゃん……！」

苦しくて、名前を呼ぶしかできなくて。彼は、私の旦那さんは腰を動かしながら、ふたたび私を抱きしめた。振り向いて、唇を重ねて。息もできないほどに、強く噛み付かれるようなキス。

唇だけ離れて、崩れ落ちそうな身体を支えられながら私は言う。

「ばか康ちゃん……っ！　やきもちなんか、っ、焼かないで。もう私の全部、ぁっ、康ちゃんのっ、なんだから……！」

康ちゃんは小さく低く、「うん」と答えて――抽送《ちゅうそう》が、激しさを増して。

「ぁ、っ、やぁっ、康ちゃ、も、イ……くっ……」

「俺、も……」

低く掠《かす》れた声。私はもっかい、とキスをせがむ。啄《ついば》まれるようなキスの合間に、私はもうひとつ、お願いをせがんで。

「こ、ちゃん、ナカで、出して……」

「凪、子」

「っ、ぁんっ、私が康ちゃんのだって、はぁっ、私が、産みたいのっ、康ちゃんの赤ちゃんだけっ」

なんだか支離滅裂《しりめつれつ》になっちゃったけれど——私は、私が、康ちゃんのだって、康ちゃんにもちゃんと自覚して欲しい。ごり、って奥の、本当に奥に康ちゃんのが当たる。

「やぁあッ！　あっ！　イ、く……！」

「……っ、凪子、愛してる……」

ナカで、康ちゃんのがびくびくと蠢《うごめ》く。

射《で》てる。

（あ……っ）

ナカで……満たされていくような、感覚。

私のナカは痙攣《けいれん》して、康ちゃんが出してるの搾り取ってしまうんじゃないか、って思うくらいにキュウキュウして——

康ちゃんは康ちゃんで、ゆるゆると腰を動かす。全部出し切るみたいな、そんな仕草に胸がキュンとした。

お互いの荒い息だけが、浴室にこだまする。やがて、康ちゃんがずるり、ってナカから出て……栓を失ってぽたり、と太腿《ふともも》をつたう……康ちゃんが出した、の。

「……また洗わないとな」

「や、今度は自分で洗うよ！」

「いや責任とって俺が洗う」

私はアワアワと康ちゃんを見上げる。

だって、だってそれって……！

「凪子が可愛いこと言うから、何回でも頑張れそうだ、俺は」

「……が、頑張らなくていいよっ」

私は慌てて唇を尖《とが》らせるけれど――結局その日は、ものすごーく長風呂になってしまった、のでした。

32　素直に

康ちゃんの指が、私の頬を撫でる。

「行ってくる。今日は早めに帰れると思うから、夜どこかに食べに行こうか」

なんだか幸せそうに康ちゃんは目を細めて、私の頬に手を当てて。

「うん、楽しみ」

玄関先。

そう言って見上げると、康ちゃんは嬉しげに頷《うなず》いた。……なんか、そういうカオはいちいちズルイんだよなぁ。康ちゃんはそれでも名残惜しそうに私の頬を突いたりして、それからちゅ、とおでこに唇を落として――ようやく出勤していった。すっと伸びた背中。

「いってらっしゃい」

気持ちの良い背中にそう声をかけながら、――名残惜しいのは私のほうかもな、なんて思う。

離れがたいのは……なんだか切ないのは……寒いから？　私はがちゃりと鍵をかけて、リビングに戻って、カーディガンをかき合わせた。晩秋の朝は冷える。

「九州なのに～」

九州って、もっとあったかいと思っていたよ。ぶちぶち呟きつつ、朝ご飯の片付けをした。まぁ文句を言っても仕方ないのです、寒いものは寒い。

今日はバイトの日なので出勤の準備をして、薄手のマフラーを巻いて家を出た。

「おはようございまーす」

店長の理さんはキッチンで下準備をしてる。相変わらずの柔和《にゅうわ》な表情で「おはよう」と答えてくれる店長。

「今日冷えたね～」

「ですね、びっくりしました」

九州ってもっとあったかいと思ってました、と言う私に、店長は笑う。

「南やもんねぇ」

「ですよ」

「鹿児島《かごしま》とか行けば、また違うんやないかな」

「鹿児島かぁ～」

答えつつ、考える。鹿児島かぁ。あったかそう。温泉とかも気持ち良さそうだし、康ちゃん誘ってみようかなぁ……

「おはよー！」

レナちゃんを保育園に預けた玲香さんが出勤してきて、やがてお店は開店。

午前中はそこそこ、お昼時はバタバタして――午後に入って、ようやくひといき。

休憩中に、玲香さんとふたりでまかないのランチ（絶品なんですよこれが）を食べる。

「でね、理ったらレナのさあ」

玲香さんから紡がれる日常の話は、普通に「家族」のもので……なんだかムズムズしてしまう。

（く、口挟むわけにはいかないけどおおお！）

ふたりは大人で。大人、っていう以上に「姉弟《きょうだい》」として過ごした約三十五年の積み重ねがあって――

でも、でも、でも……もどかしいよ！　絶対、幸せになれるはずなのに。素直な気持ち、伝えたほうが――自分に素直に、なったほうが！

（……あれ？）

私はコーヒーを飲みながら、首を傾《かし》げた。自分で考えたことなのに、なんだか自分に言われたような……そんな気がして。

「……どうしたの、凪子ちゃん？」

不思議そうな玲香さんに、なんでもないです、と小さく首を横に振った。

素直な気持ち。私の素直な気持ちって、なんだろう……

帰宅して、お出かけの準備をしてると康ちゃんが帰ってきた。

「おかえり！」

なんだか会いたかったから、ぎゅうと抱きつく。秋の風ですっかり冷えた康ちゃんの身体。すん、と匂いをかぐ。冬の匂い。

「どうした凪子」

不思議そうにしながらも、康ちゃんは嬉しそう。

「あまえんぼな気持ちなの」

康ちゃんに軽々と抱き上げられながら、その首筋に顔を埋《うず》める。

「……寒いから」

「なるほど」

康ちゃんは重々しく言う。

「じゃあ一年中寒くていいな」

「それはやだよ！」

ケタケタ笑うと、康ちゃんは「なぜだ」と頬を緩める。

「凪子が甘えてくれるなら、年中寒くていい」

「んー。でも」

康ちゃんの顔を見る。整ったかんばせ……なんでこの人、私のことなんか好きなのかな。釣り合ってない気がする……

まぁ、いっか。

康ちゃんの「可愛い」基準、なんかヘンな気がするし。なぜかよくわかんないけど、康ちゃんは私のこと好きなんだもんね。

(好き……なんだもんね？)

なんか急に、照れた。頬が熱い。熱いまま、黙るのも変だから続ける。

「……でも、年中甘えてる、気もする……」

「……」

康ちゃんにじっ、と見つめられる。まっすぐな瞳のまま、康ちゃんは私を見つめる。

「もっと甘えてくれていい」

「……えぇー」

「もっといちゃらぶしたい」

「い、いちゃらぶ……」

コワモテな康ちゃんからそんな言葉が出たから、私はつい笑ってしまう。

笑ってる口に、ちゅ、と吸い付かれて。

「こ、うちゃん」

「……少し時間あるな」

「時間？」

「予約まで」

康ちゃんはとすん、と私をソファに下ろして。

「予約？」

「晩飯。知り合いに聞いて、創作中華」

「わ、嬉しい。美味《おい》しそ」

中華大好きな私が嬉しくてニコニコしてると、普通にソファに押し倒されて組み敷かれた。

「……あれ？」

「凪子が悪いんだからな？」

……悪いのかな？

「いちゃらぶしてくれ、凪子」

「……いちゃらぶ」

康ちゃんに似合わない、そんな言葉に絆《ほだ》された……わけじゃないけれど、夕食前にすっかりばっちりいただかれて。

康ちゃんの予約してくれたお店にふたり、手を繋いで向かう。

「さむーい」

「そうか？」

康ちゃんが私の手を引く。さっきよりくっついて、ふたりで歩く。

「……えへへ」

照れて笑うと、康ちゃんが私を見る。どうした？　って顔をするから、私は康ちゃんを見上げて「なんでもなーい」とくっついた。幸せで照れてます、ってなんだか恥ずかしくて言えないね。

中華屋さんに着いて、テーブルに案内される。わくわくしながらメニューを開こうとして、ふと背後から大きな声がした。

「なぎちゃん！」

振り向いて――私は笑って手を振った。

「レナちゃーん」

レナちゃんが、店長と玲香さんと一緒にテーブルに案内されようとしているところだった。

「こんばんは」

「デート？」

店長と玲香さんも笑顔で近づいてくる。康ちゃんが立ち上がって頭を下げた。

「妻がお世話になってます……特に、例の件ではなにかとお気遣いいただいて」

「わ、いえいえ。あんなにお礼もいただいて、却《かえ》って恐縮です」

店長が慌てて手を振った。康ちゃんは生真面目な顔を崩すことなく、もう一度頭を下げた。

「ね、パパ、ママ！　レナ、なぎちゃんもご飯一緒がいい！」

レナちゃんが私の手を握って、可愛く言ってくれる。

「こら、レナ。おふたりはデート中なんだから」

「あ、いえウチは」

ちら、と康ちゃんを見る。小さい生き物が好きな康ちゃんは、多分子供好きで……こころなしかレナちゃんを見て頰を緩めていた。……レナちゃんは康ちゃんを見ないようにしてるけど……

「俺たちは構いません」

「ていうか、一緒にたべよ？　レナちゃん」

「わーい！」

レナちゃんが喜んで、店長たちも「仕方ないな」って頭を下げた。店長たち（というか、店長は特に）レナちゃんには甘いもんね。

ウェイターさんに頼んで、少し大きめの席に案内してもらう。

個室の円卓の席で、時計でいうなら十二時の位置に店長で、その横に玲香さん、レナちゃん、そして私、康ちゃんの順。本当は上座下座とかあるのかもだけれど、レナちゃんを中心にそんな風に座った。

「レナね、胡麻団子《ごまだんご》と、杏仁豆腐《あんにんどうふ》と～」

「こら、先にご飯！」

「マンゴージュース飲んでいい？」

「それもあと！」

玲香さんに叱《しか》られて、渋々「じゃあチャーハン」と言っているレナちゃんを見て、康ちゃんは少し興味ありげに店長たち家族を眺めていた。

「ん？　どうしたの？」

「いや」

康ちゃんは私を見て、少し笑う。なんだか幸せそうな……まぁ、店長たちは仲良しで、見てて嬉しくなるもんね。

食事もおおかた終わって、店長と康ちゃんはお酒も随分進んでた。そこで、ふと康ちゃんが口を開く。

「子供がいる、というのは……少し変化なんかもありますか？」

康ちゃんの質問に、店長はキョトンとしている。

「変化？」

「いや、夫婦仲というか、そういうのに」

康ちゃんは特に疑問も持たないでそう言って――私は血の気が引く。

（い、言ってなかったー！）

店長と玲香さん、双子の姉弟《きょうだい》……いや正確には違うんだけど、ええとでも、ああどうなんだろ⁉

（レナちゃんに「パパ」って呼ばれてたら、そりゃ夫婦だと思うよーっ）

失敗した、って慌てて康ちゃんの袖《そで》を引こうとしたとき、店長と目が合う。

穏やかに、店長は笑った。そうして、ビールの入ったグラスをとん、と黒い円卓に置いて。

「いえ」

小さく、でもはっきりとそう言う。

「変わりません。変わらず……玲香は大事な存在です。……女性と、しても」

「そうですか」

康ちゃんは重々しく頷《うなず》く。玲香さんは、どこか呆然として店長を見つめていた。

「玲香」

店長は玲香さんに目線を向ける。

「この際やけん、言っておく。もう抱えきらん」

目を細めて、笑って。

「愛しとる」

「……おさ、む」

「姉としてじゃなくて、ひとりの女性として」

玲香さんの、おっきな瞳からぽろり、と涙が溢れた。

「玲香があいつにやられたことを聞いたとき——やっと、自覚した。オレの玲香になにやってくれとるって、そう思った……」

淡々と店長は紡ぐ。

「思い上がりやなかったら、……玲香」

店長は、やっぱり穏やかに、低く落ち着いた声で。

「玲香も……」

と、そこで言葉を止めた。

玲香さんが店長に抱きつく。康ちゃんとレナちゃんはぽかんとしてる。私は泣きながら拍手した。……個室で良かった（はたから見たらカオスだよね！）。

店長は少しだけ手を宙で彷徨《さまよ》わせて、それから玲香さんの背中をそっと、そぅっと、抱きしめた。

「……パパ、ママいじめちゃだめ！」

ふと我に返ったレナちゃんがそう言って、ふたりの間に行く。

店長と玲香さんは顔を見合わせて笑って、レナちゃんも抱きしめて、三人でぎゅうぎゅうと抱きしめ合う。

「くるしいよ、パパ、ママ」

レナちゃんが抱きしめられながらそう言って――康ちゃんが「?」マークを頭の周りに浮かべながら、小さく首を傾《かし》げていた。

帰り道――ぽかんと、金色の月が紺色の空に浮かんでいるのを眺めつつ、私は康ちゃんに説明をする。

「なるほど、そういうことか」

「ごめんね、説明してなくて」

「いや、プライベートなことだからな」

康ちゃんは私の手を握ったまま、小さく頷《うなず》く。

「でも、康ちゃんナイス質問だったよ。おかげで店長、やぁっと玲香さんに告白できたもん」

「やぁっと、か」

康ちゃんはじっ、と私を見つめる。

「なぁに？」

「いや」

康ちゃんは少しだけ楽しげに笑う。

「俺も待ってる」

「なにを？」

康ちゃんを見上げるけれど、康ちゃんは笑って私のおでこにキスを落として――私の質問には、答えてくれないのでした。

33　お祝いと、……あれ？

年が明けて、一月のなかば。店長と玲香さんが、籍を入れた。

「つきましては、ぜひお礼を」

「……お礼？」

いつも通りのバイトの日。開店前の作業中に、店長と玲香さんからそんなお誘いを受けて、私は戸惑う。お、お礼ってなぁに⁉

「鮫川さんの旦那さんの言葉がなかったら、曖昧《あいまい》なまま、勇気が出んかったかもしれん」

店長が苦笑する。それを、玲香さんが愛おしそうに見上げた。

「だから、切っ掛《か》けをいただいた、そのお礼を……」

私は首を傾《かし》げて、ふたりを見る。

「あのう、ですね。多分、おふたり」

小さく笑う。もう、鈍感さんなんだからなあ。

「おふたり、とも。多分……じゃないな、絶対。うん、絶対……いつか、こうなってたと思いますよー？」

店長と玲香さんは、きょとんとした顔で私を見た。思わず笑う。表情は、本当にそっくり。一緒に育ったんだから、当たり前なのかもしれないけれど。

「だってそんなに、愛し合われてるんですもん！」

店長と玲香さんは、ふたりして赤くなって、それから笑って「ありがとう」と言ってくれた。

それでもお礼がしたい、っていうふたりの言葉に折れてしまって、じゃあ今度軽めのランチでも……ってことで話がまとまる。

「さて、開店開店！」

ぱちん、と店長が手を叩いて、お店はいつも通りに開店。

相変わらずの人気店で、ランチ時はドタバタ。やっと落ち着いたタイミングで、玲香さんとふたり、休憩に入る。

「改めて、本当におめでとうございます」

絶品まかないハンバーガーに「いただきます」しながら、改めて玲香さんにお祝いの言葉を言う。

「あ、ありがとう」

照れたように髪をかき上げる玲香さんの左手薬指には、まだ真新しい、銀の指輪。

結婚指輪じゃなくて、婚約指輪だとのこと。ダイヤは内側に埋め込まれてて――普段もずっと使ってたい、っていう玲香さんの希望でそうなったらしい。珍しいと思ったけど、玲香さんの照れ混じりの「再婚だから派手にはしたくなくて」に少し納得。

でも、大事そうに大事そうにしてるのを見てると、こっちが幸せになるね。

うふふ、と笑うと、玲香さんは「もう」と笑う。ほんとに可愛いなぁ。

「式は四月でしたっけ」

「うん。ぜひ来てね」

「もちろんです！」

美男美女だから、ドレスとタキシードもすっごく映えるんだろうなぁ……

そこから式の話になって、玲香さんは苦笑いする。

「ウエディングプランナーの人がね、まさかの同級生で」

「おおう」

私は笑う。

「じゃあプランナーの方、驚かれたでしょうね」

「それがね」

玲香さんは指輪に軽く触れながら、肩をすくめた。

「結局そうなったか、って言われたの」

「へ？」

「理のことをね、ご両親が知ってたらしいの。だからあたしたち、血が繋がってないのを知ってたんだって」

「えー！」

「だからね……その子が言うには、あたしたち、高校のときにはもう恋愛オーラ出てたとか言ってて」

玲香さんは指輪に触れながら、続けた。

「……もっと早く、気が付いてたらなって。つい理に言ったら」

「はい」

「そしたらレナがおらんやろうが、って呆れられて」

玲香さんは破顔した。

「たしかに！　ってなってね～」

「ですねぇ」

遠まわりでも、その道がどれだけ過酷でも……手に入れたものがあるなら。

「――って、それでもやっぱり玲香さんの元旦那はクソ野郎だと思いますけどね！」

店長は「あいつ」って呼んでた……玲香さんが元旦那さんにモラハラ受けてた、って知って……そこで恋愛感情に気が付いたんだって。

「それは同意」

玲香さんは肩をすくめる。

「理もいまだに怒ってるし……」

「そりゃそーですよ！」

玲香さんは軽く目を細めた。いろんなこと、乗り越えてきた人の微笑《ほほえ》み。

「でもね、思うんだ。たしかに、こうなって——昔を思い出すと、あたし、昔から理のこと好きだったんだろうなって」

「へえ」

私は思わず、玲香さんを見つめる。綺麗な表情、だったから。

「痛くて甘くて、切なくて苦しくて嬉しくて——理といると、いつもそうだったから」

私は息を呑んで、玲香さんの表情を見つめた。玲香さんは照れたように眉尻を下げて。

「わ、ごめんね、ポエミーだったね」

「いえ、そうじゃなくて……」

「あはは、それでよく気が付かなかったなぁって感じ？」

「い、いいえ」

そうじゃなくて。そう、ではなくて……え？

「その、それ」

「どれ？」

「その……痛くて甘い」

「うん」

「その感情の名前って、……もしかして」

玲香さんはじっ、と私を見つめる。それから探るような目つきで、秘密の話をするように声をひそめた。

「凪子ちゃん、もしかして――その感情に、まだ名前がついてないの？」

私は金魚みたいに口をぱくぱくしながら、小さく頷《うなず》く。

頬が熱い。

だって、だって――その感情につく「名前」が、私の想像通りなのだとしたら。

だとすれば、私は――私は、康ちゃんに。

玲香さんは、やっぱり綺麗な表情で笑って私の髪を撫でた。

「じゃあ、あたしからは教えられない」

「れ、玲香さぁん」

ヨワヨワな私の言葉に、玲香さんは優しく笑って。

「でもう、凪子ちゃん。気が付いているんでしょう？」

「き、気が付いて……っ」

私は多分真っ赤なほっぺたのまま、ハンバーガーにかぶりつく。

「こらこら」

「そそそ、そ、そんなはずありませんっ」

「往生際《おうじょうぎわ》が悪い」

ケタケタと笑われながら、私はひたすらにハンバーガーを口に運ぶ。

ううう、味がわからないよう！

「よく結婚まで持ち込んだねぇ、旦那さん」

玲香さんは楽しげにそう言って、それからハンバーガーを食べ始めた、のでした。

34　心音（康平視点）

凪子の様子がおかしい。

一週間ほど家をあけて、帰ってきた一月のなかば。ものすごく、凪子は挙動不審だった。

「おっ、おおおおかえりっ」

「凪子、またなにか」

なにかあったのか――と、そっと触れようとすると、大袈裟《おおげさ》なほど、凪子は身体を揺らして。

「……？」

一瞬、不安で黒い靄《もや》が心を満たす。

けれど、すぐにそんなもの霧散《むさん》した。

息を呑む。真っ赤になって、俺を見上げる凪子の顔は――どこからどう見ても「好きです」と言っている、そんな顔。さすがに誤解しようがない。

朴念仁《ぼくねんじん》な俺にでも、はっきりわかる。

（やっと――）

全身から力が抜けそうだった。

やっと、完璧にこちらを向いてくれた。自覚……して、くれたんだよな？

凪子の、初めて見る表情と――久しぶりに会う「いつも」の感じに、欲情を煽《あお》る潤んだ瞳。

「凪、子」

思わず、この場で押し倒してしまいたくなるような、そんな佇《たたず》まい。

「お、おおおお腹すいたでしょ⁉　晩ご飯っ、あるよっ」

ぎくしゃくという擬音がぴったり合う動きで、凪子は回れ右をする。

その手首を掴んで、凪子を引き寄せた。

「こ、こここ康ちゃん⁉」

「凪子、凪子」

慌てている凪子に構わず、こちらを向かせて抱きしめ直して。恥ずかしげに俺を見上げるその真っ赤な頬の、可愛らしい唇にキスをひとつ。

啄《ついば》むだけの、子供のような――

「愛してる」

ほろりと零れた言葉に、凪子は小さく呻《うめ》いた。知らず、笑う。なんだその反応。言ってくれてもいいのに。

私も、と、そう――

けれど凪子は、モニャモニャとよくわからないことを言いながら、俺の腕の中から逃げ出してしまう。

「て、手ぇ洗って、ごはん、だよっ」

まじまじと凪子を見つめる。もう夜なのに、きちんと化粧して整えられた顔。揺れるピアス。きっと、俺を出迎えるために――。ほわほわと幸せな気分に浸りながら、凪子の言う通りにして席に着く。

「……豪華だな？」

「あっ、えっと、ほら、一人分って作りがいがないから……ひ、久しぶりにいっぱい作って気合い入ったっていうか？」

凪子が手のひらで顔を仰ぎながらそんなことを言う。何度も瞬きをして。可愛い。可愛さの塊が喋っている……

夕食後、一緒に食器を下げて――シンクの横に並ぶと、凪子は焦ったように「あ、お風呂！」と叫ぶ。

「康ちゃん疲れてるでしょ⁉　お風呂、どうぞっ」

沸いてるよ、と凪子が俺の背中を押す。俺はむう、と眉尻を下げて――それから振り向いて、凪子の手を取る。

「こ、康ちゃん？」

「そうなんだ凪子、俺は疲れている」

「な、ならはやく」

「だから――洗ってくれ」

凪子はしばらくきょとん、とした後……「ひええ！」と素《す》っ頓狂《とんきょう》な声を上げた。渋る凪子を浴室に連れ込んで、まず凪子を洗う。

「だ、だめだよ。お風呂でえっちぃことだめだよ？」

「わかったわかった」

今回は諦《あきら》める。

今の時間帯、静かだから――多分、凪子の声は確実に外に漏れる。

もったいない。凪子のそんな声は、世界中で俺だけが知っていればいい。きっちり洗い上げると、凪子はなんだか驚いたように言う。

「あは、康ちゃん。子供とか洗うの、得意そうだね」

「だといいが」

そう言いながら、凪子と場所を交代——つまり風呂椅子に座って。凪子は俺の頭にシャワーをかけて、それからシャンプーで泡だて始める。

「康ちゃん、髪短いから全然シャンプーいらないね」

「エコだろう」

「そうだね」

凪子がケタケタと笑う。いつも通りの凪子——恥じらう凪子も可愛くて愛おしいけれど、普段通りの凪子は狂おしいほど愛おしい。どっちも大好きだ。凪子の優しい指遣いに、つい眠りそうになる。

「わ、ほんとに疲れてるんだね」

「……いや」

疲れ、というよりは——極限にリラックスしすぎての眠気というか、……凪子効果だ。やがてまた、シャワーで泡を流され、それから、凪子はボディーソープで俺の身体を洗い始める。

首、背中、と順調に来て――凪子はまたもや頬を赤くする。なんだか可愛い、困ったような怒ったような顔をしていた。

「お、おっきくしちゃだめじゃん！」

「気にするな。洗ってくれ」

不可抗力だ。洗うため――とはいえ、好きな女性に弄《いじ》られて、勃《た》たないわけがない。

「も、もう」

凪子はぶちぶち言いながら、泡で包んで洗ってくれて――それから全身をシャワーで流す。浴槽に入ろう、と腰を上げかけた俺に、凪子は「座って」と促《うなが》した。

「なんだ？」

「いいから」

そうして、椅子に座った俺の前で、凪子は床にぺたんとしゃがみ込んだ。

「凪っ」

凪子は迷いなく、勃《た》った俺をぱくりと口に含む。

「……っ」

息を呑む俺の眼下で、じゅぷりとわざとらしい音を立てながら、凪子は口からそれを外す。

「ん、気持ち、い？」

濡れ髪をかき上げながら、凪子は上目遣いでそんなことを言ってくる。

ちろちろ、と凪子の可愛くて薄い舌が、先端を舐める。ぷくりと湧き出る露《つゆ》を、凪子は迷いなく何度もその舌で舐め上げた。そうしてまた、喉の奥まで咥《くわ》えては、じゅぷじゅぷと音を立てながら先端寸前まで引き抜いて——

俺はそうっと、凪子の髪を撫でる。

凪子は満足そうに、俺を見て微笑《ほほえ》んだ。

凪子が少し薄い、子猫のような舌で一生懸命に……どこか美味《おい》しそうに、俺のを舐める。

「……っ」

ちゅうちゅうとしゃぶられて、思わず出た声に、凪子は嬉しそうに微笑《ほほえ》んだ。

ちゅぷ、と口から抜いた凪子は、今度は裏筋をペロペロと舐める。付け根からゾクゾクして、凪子の温かな口内に突っ込んでしまいたい気分になる。

なるけど、我慢。

つぅ、とまた湧いてくる先走りを、凪子はちゅ、と先端にキスするように舐めとった。

途端に、腰から快感が震えるように湧いてくる。

「凪、子。もう」

はあ、と息を吐きながら言う。久しぶり、というのもあって……もう、だめだ。これくらいで、もう出てしまいそうだった。

凪子は微笑《ほほえ》む。まるで天女《てんにょ》のようだと俺は思う。

凪子は濡れ髪を耳にかけ直して、それからパクリとイく寸前で膨張している俺のを口に含む。

小さな手も添えて、ちゅうちゅうと頬張る凪子の頭に、軽く手を添えた。

「……っ、悪い、凪子、奥、まで……」

苦しいだろうか。けれど凪子は、目を優しく細めて口の奥、喉につくほどに咥《くわ》えてくれる。

「ん……っ」

凪子の苦しそうな声に、ハッとした。

「凪子、キツいなら」

凪子は咥《くわ》えたまま、小さく首を横に振って――それから顔を上下させる。

手を、凪子と繋ぐ。ふう、ふう、と凪子の苦しそうな息に、申し訳なさと同時にどうしようもないほどの興奮を覚えて、俺はもう抗《あらが》えずに情動に身を任せた。

「……っ、イ、く」

思わず溢れた低い声と同時に、俺は軽く腰を動かして、欲を凪子の柔らかな口内に吐き出す。凪子は一瞬動きを止めて、それからこくり、こくり、と健気《けなげ》に喉を動かした。

切ない甘さで、胸が痛む。

じゅ、と吸い込み一滴も零さないように——そんな仕草で凪子は口を離す。最後にもう一度、こくんと喉を動かして、それから凪子は俺を見上げて……幸せそうに、笑った。

「きもちよかった？　康ちゃん」

「……っ」

言葉にならない。なんでこんなこと、してくれるんだ。

脇の下に手を差し入れて、抱き上げて膝に乗せる。それからぎゅうっと、強く抱きしめた。

「愛してる、凪子」

「……ん」

その返事は、いつもと同じだったけれど……でも、その声が。なによりその声が、ひどく甘いもので——キスしようと凪子の頬を撫でると「だーめ」と唇を覆われた。

「えっちぃ展開になるからだめ～」

「……俺はされたのに？」

「だめ。……あとで」

凪子が俺の耳を食《は》む。

「あとでたくさん、……かわい、がって？」

耳元でそんな風に言われて——我慢した俺は本当に偉い。頬にだけ、口付ける。ああ本当に、なんで俺の妻はこんなに可愛いんだろう？　抱き上げて、一緒に風呂に浸かる。

凪子の背中を抱きしめる体勢で、凪子の顔は見えないけれど——耳は真っ赤だ。

「湯あたりか？」

浸かったばかりだけれど、と聞くと、凪子は湯面に顔をつけんばかりにしながら小さく呟く。

「や、も、もう。恥ずかしいコト、言っちゃったと思って……」

さっきの「可愛がって」だろうか。頬を緩めて、抱きしめ直す。

「凪子、カオ見せてくれ」

「……やだ」

「見せてくれないなら、実力行使にでるぞ」

「……っ、ひゃあ、んッ、ばか！」

凪子の乳房をやわやわと揉むと、真っ赤な顔で振り向いてくる。

「もう！　康ちゃん！」

「凪子が可愛いから悪い」

「悪くないもん……」

抱きしめ直して、首元に唇を這わせる。

「っ、だめ、だよ？　声出ちゃうよ、今の時間響くよ？」

「……ん」

わかってる。我慢する。けれど。

「大丈夫だ。ただ……凪子だな、と思って」

「……？」

俺から少し離れて、凪子は首を傾《かし》げる。俺はその額《ひたい》に口付けながら、続けた。

「会えない間――凪子のことばかり、考えていた」

「も、もう。仕事」

「仕事はしてる」

「本当かなぁ！」

凪子は疑いの眼差しだけれど――自分でいうのもなんだが、俺は「できる」ほう、らしい。面映《おもはゆ》いけれど――

「ずっと、昔から」

「むかし？」

「そうだ」

昔から。ずっと、ずっと……凪子のことしか見えてなかった。

そして、やっと――凪子が俺を見てくれた。

それは少し前から感じていて、今日やっと、凪子が自覚したと確信が持てた。

それは生きてきて一番嬉しいこと。死ぬまで忘れない。

しばらく、見つめ合う。凪子は少し眉尻を下げて、俺の両頬を手で包む。

「……ね、康ちゃん」

凪子が泣きそうな声で言う。

「ベッド、いこ？」

切ない顔で、甘えるような声で、泣きそうになりながら凪子は言う。俺は頷《うなず》いて、凪子を抱き上げて立ち上がる。脱衣所でバスタオルを凪子に巻きつけて、大股で寝室まで向かった。ぽすん、と凪子をシーツの上に寝かせ、組み敷く。

「康ちゃん、拭かないと……風邪ひくよ？」

「問題ない。今から汗もかくだろうし」

凪子はそれでも、俺の髪をバスタオルで拭おうとする。構わずに、凪子の乳房にキスをする。強く吸い付くと、俺の髪を拭く凪子の指に力が込められた。

「……ん、っ」

凪子の柔らかな乳房にひとつ散らしたキスマークを確認して、それからもうこりこりと勃《た》っていた乳首に舌を伸ばした。

凪子がふと、俺の髪を拭く手を止める。それからバスタオルをぽすり、と自分の顔の横に落として、じっと俺を見つめた。

「康ちゃん、あの、ね……き、聞いて欲しい、ことがっ」

居住まいを正し、……と言っても、凪子を組み敷いたままだけれど、その潤んだ瞳を見つめる。

頬は赤い。耳までも真っ赤で、あまりに可愛くて抱きしめる。

「どうした？」

耳元でそう告げる。

凪子は「あの」とか「その」とかをモゴモゴと呟いたあと、バスタオルをばっと自分の顔に被せた。

「な、なんでもなぁいっ！」

そう言って、俺の腕から逃げ出そうとするから、慌てて抱きとめる。

「こら逃げるな」

「逃げてないもんっ」

起き上がる凪子の腰をうしろから抱きしめるような体勢になり、半分起き上がった俺の耳は、凪子の背中の真ん中あたりに——どくんどくんどくんどくん、と早鐘を打つような心音。

凪子を見上げると真っ赤な耳朶《じだ》が見えた。起き上がり、あぐらをかいて凪子を膝に乗せる。背中から抱きしめて。

「凪子」

自分でも驚くほど、甘い声で彼女の名前を呼んだ。

「な、なぁに」

「なんでもない、のか？」

凪子は耳まで赤くしたまま、少し悩んだように押し黙る。それから小さく首を横に振った。

「なんでも、なく、は……ない、かな……」

「それって教えてもらえないのか？」

抱きしめるだけで伝わってくる、凪子の心音。早鐘を打つように、とはこういうことなのだろうか。こうも全身で好きだと、恋してる、と——伝えられて。

息苦しいほどに、俺の心臓も心拍数を上げた。鼓膜の真横に心臓があるみたいに、どくどくと音が聞こえる。凪子がもじもじ、と表現するのが正解だとしか思えない仕草で振り返る。

「あの、ねっ」

「……うん」

凪子は泣きそうな顔で……というか、なかば泣きべそをかいたような表情で、俺に口付ける。

何度も、何度も。啄《ついば》むような可愛いキスを、角度を変えて。

「凪子？」

「んん、もう、康ちゃんなんかこうしてやるっ」

ぽすり、とベッドに押し倒される。ちゅ、ちゅ、と凪子は俺の頬に、額《ひたい》に、鼻に、キスを落としていく。

「康ちゃん、康ちゃん……」

甘やかな声が鼓膜を震えさせる。俺はゆっくりと、凪子の髪を撫でた。まったく——こんな行為、告白より余程恥ずかしいと思うのだが。

凪子はちゅ、と俺の首筋に唇を落とす。それから小さく逡巡《しゅんじゅん》した声で、俺に問う。

「ね、康ちゃん……キスマーク、つけて、いい……？」

頷《うなず》いて凪子を見る。凪子は嬉しそうに、俺の鎖骨《さこつ》の下にちゅ、と吸い付いた。

「……それくらいじゃつかないぞ？」

「んん、結構難しいんだね」

凪子の反応に、そうか——と思う。キスマークをつけることも、まだだったのか……と、ふと気が付く。

（——やっぱり）

頭の中で、その考えはどんどん大きくなる。

凪子は知らなかったのだ。痛くて甘くて、切なくて苦しくて嬉しい気持ちを、その意味を。だとすれば、凪子は——これが、俺に対して向けてくれている、この感情が——凪子にとって、初めて、の。

凪子は、先ほどより強く俺の皮膚を吸う。ぴりつく痛み。唇を離して、凪子は嬉しそうに俺についたキスマークを撫でる。

「ふふ、……私の、ってしるし」

少しいたずらめいたその表情が、ふと真剣味を帯《お》びる。

「誰にもあげない」

それは、初めて見る凪子の表情だった。嫉妬《しっと》、独占欲、そんなものが入り混じった——。

胸が苦しい。凪子がそんな感情を俺に向けてくれることが、この上なく嬉しい。

(凪子は、俺に恋したことに戸惑ってるんじゃ、ない……)

凪子に手を伸ばす。凪子は素直に、俺に抱きしめられる。

凪子は……恋をしたこと、それ自体に戸惑っている。

「凪子」

身体を入れ替えながら、尋ねてみる。ふたたび俺に組み敷かれる凪子は「なぁに」と俺を見上げた。

「教えて欲しい——今まで……恋をしたことは、あるか？」

凪子はきょとん、と俺を見つめる。そうっと口を開き、続けた。

「……今は？」

凪子は驚いたような顔をして、それから……また真っ赤になって、顔を両手で覆った。

「ひ、……秘密」

なんとも雄弁な「秘密」だった。両手をそっと退《ど》かせて、真っ赤になっている凪子の唇にむしゃぶりついた。

（愛おしい）

苦しい。痛い。切ない。甘い。

凪子は小さく震えながら、俺からの乱暴なキスを受け入れる。誘い出した小さな舌は、あまりに可愛く愛おしく、甘噛みだけで足りなくて吸い付いて味わう。

「んん、……ん……」

甘く切ない、苦しげな声。唇を離しながら、思う。例えば今から——凪子を散々に甘く責めて、「好き」と言わせることは……できる、だろう。

けれどやっぱり、自分から言わせたくて。俺は小さく笑う。凪子がほんの少しの間、目を瞠《みは》る。

「凪子。凪子が、な」

「……うん」

「俺にどんな感情を抱いていようと……俺から言えることはひとつしかない」

ぱちぱち、と瞬きをする凪子の額《ひたい》にキスを落として。それから鼻がつくほどの距離で見つめ合い、告げた。

「誰よりも——愛してる」

凪子が息を呑む。

「産まれたときから、君しか見えない」

凪子の両眼から、ぽろりと涙が溢れる。俺はそれにキスをする。

凪子は俺にしがみついて、すんすん、と泣く。俺はなだめるように背中を撫でながら、ただ愛おしい人が今、腕の中にいてくれる奇跡を噛みしめていた。

そうして、俺は丁寧に凪子を抱く。俺の感情が、ひとつ残らず伝わるように、ゆっくり、丁寧に——

そうして凪子を抱きしめて眠った、その深夜……いや、明け方も近い、そんな時間に。

さらり、と髪を撫でる優しい指の動きで、かすかに目を覚ます。

ぼんやりと、カーテン越しの青い光の中、凪子は起き上がり、俺の髪を撫でていた。

（……綺麗だ）

素直に、そう思った。

青い光に彩られて、凪子は美しくその場に存在していた。

小さく凪子が口を開く。

「康ちゃん」

静かな声だった。

「もう少し、待ってね」

さらりさらり、と凪子の指が俺の髪を梳《す》いていく。

「勇気がなくて、ごめんね」

夢と現実のあわいで、凪子はしんとした水面のような声で、そう告げて――

俺はその手を取って、そっと口付け、言葉を零す。

「愛してる」

もう何度も口にした言葉なのに、なんだか特別なことを言ったかのように、凪子が震える。

そうして俺の額《ひたい》にキスを落として。

「おやすみ康ちゃん、良い夢を見てね」

凪子もな――そうなんとか口にして、俺は彼女を抱きしめる。

そうしてふたり、また眠りに蕩《とろ》けていく。

ただ、どちらともわからない心音だけが、とくんとくんと、そう聞こえていた。

35　切なくて

ああ、これが「切ない」って感情なのか、と私は康ちゃんから降ってくるキスに心を甘くしながら、そう思う。

（今までの切ない、とはなんか……違う）

初めての感情が、嬉しくて、痛い。

思わず泣いてしまった私に、康ちゃんは優しくキスを降らせる。

——本当は、今日、康ちゃんに「好き」って言うつもりでいた。

お化粧してピアスして、ご飯も気合い入れてたくさん作って。でもいざ、康ちゃんを目の前にすると感情がぐちゃぐちゃになる。

（本当に？）

これが恋？　これって、恋？　でも、そうじゃなかったらなにが恋なのか——私にはわからない。

初めてだから、なにもわからない。

……本当は、気が付いてるんだけれど。こんなの、言い訳だって——ああもう、私の意地っ張り！

「凪子」

康ちゃんのほんの少し、掠《かす》れた声。そんな風に名前を呼ばれると、胸がきゅんきゅんして止まらない。

「康ちゃん」

呼び返す私の唇を、康ちゃんはつう、と撫でた。

その心地よい指の動きに、知らず半開きになった唇。そこに、康ちゃんはまた唇を重ねてきた。

入ってくる舌先に、ぴりりと甘い痺《しび》れを覚える。

ちゅくちゅくと口内を味わうように、康ちゃんの舌が動く。

「ん……は、ぁ……」

甘えたような鼻声で、私は康ちゃんにされるがまま。

康ちゃんはつう、とまた指を滑らせて、私の乳房を大きな手でやわやわと包み込む。

「ん……っ！」

びくりと跳ねた身体を優しく押さえ込むように、康ちゃんは私を抱きしめる。

唇から熱さが離れていく。

康ちゃんと目が合う。真っ直ぐで熱い瞳に、お腹の奥がキュンと疼《うず》いた。

康ちゃんは私の乳房の先端を口に含む。最初は優しく、けれどじきに少しずつ、強く。

「んっ、あ、あ……！」

思わず溢れる喘《あえ》ぎ声に、康ちゃんは嬉しげな雰囲気で。

そのまま甘噛みされて、息を吐きながらびくついた身体。

太腿《ふともも》を撫でていた康ちゃんの手が、もうとっくに蕩《とろ》ついて淫《みだ》らに濡れた脚の付け根に手を伸ばす。

「や、ぁ……んっ！」

高くて、どこか媚《こ》びるような声が出て、恥ずかしくて頬が熱を持つ。

くちゅ、くちゅ、と康ちゃんの指は入り口浅くを弄《もてあそ》ぶように弄《いじ》った。

（あ……！　だめ、……っ！）

胸の先端をくちくちと刺激されながら、ドロドロになってるナカを弄《いじ》られて、私の理性はなかばどこかにいってしまいそうになっている。

止《とど》めのように、康ちゃんの親指が、刺激を欲しがっていた肉芽に触れる。

「あぁあ……んッ！」

身体が大きく跳ねた。

（気持ちい、気持ち、いい……っ！）

頭の中が、それでいっぱいになる。

私、康ちゃんに、気持ちよくしてもらってる……！

それがたまらなく嬉しくて、気持ち良くて、その与えられたほんの少しの快楽で、私はみっともなく達してしまった。

息も荒く、ただシーツの上に横たわる私から唇と指を離して、康ちゃんは私の顔を覗《のぞ》き込む。

「挿れていいか、凪子」

情欲を押し隠すかのような優しい声に、私は欲情してこくりと頷《うなず》く。

「い、れて。康ちゃん……康ちゃんが、欲しいの……」

欲しかった。

ただ、目の前にいる私の夫を、私は強く求めて淫《みだ》らになる。

自分から脚を開いて、ソコも手で開いて——小さく、おねだりをした。

「可愛がって、康ちゃん。たくさん……愛して」

「……っ」

康ちゃんは軽く息を呑んで、それからぐい、と私の膝裏を押し上げる。

そうして挿入《はい》ってきた大きくて硬い熱に、私はまた、簡単にイかされて——

「っ、はぁ……っ」

涙目で、絶頂の余韻《よいん》にいる私に、康ちゃんは優しくキスをする。

「凪子。俺の愛しい人」

康ちゃんはこつん、とおでこを合わせながら、そう言って少しだけ微笑《ほほえ》む。

その笑顔にきゅん、として……私は康ちゃんに抱きつく。

ぴったりくっついた姿勢のまま、康ちゃんはまたゆっくりと抽送《ちゅうそう》をし始めた。

ゆっくりと、でも確実に、私のキモチイイところを擦り上げていく動きに、私はもう
イきっぱなし、ってくらいにビクビクと感じた。

「ああっ、康ちゃんっ、康ちゃん……！」

快楽と、色んな感情がぐるぐると身体中を駆け巡る。

気持ちいい。

切ない。

嬉しい。

――それから、それから……！

やがて、康ちゃんの抽送《ちゅうそう》が激しさを伴ってきて。

「っ、凪子、俺も……」

強く強く、抱きしめられて、押し潰されそうになりながら、私は康ちゃんの心音を聞く。

どっどっどっ、て速い鼓動。

私もきっと、同じリズム。

おんなじように、心音が溶け合って、蕩《とろ》け合って――

「ぁあっ、康ちゃん……っ！」

「…………く、っ」

康ちゃんが低い声を漏らして、イって肉襞が痙攣《けいれん》してる私のナカに、康ちゃんのをたくさん、出してくれる。

「あっ、……あ……」

康ちゃんのが全部吐き切ろうとナカで微《かす》かにびくりと動くたびに、私は悦楽《えつらく》に壊れそうになりながら、小さく喘《あえ》いだ。

「凪子……」

康ちゃんが私の名前を呼んで、頬を撫でる。

その心地よさに、私はとろりと蕩《とろ》けそう。

すぐに襲ってくる睡魔に、私はほとんど抗《あらが》うこともできず、ゆっくりと目蓋《まぶた》を下ろした。

エピローグ　ランタンの灯

康ちゃんは昔から少し過保護気味なところがあったけれど、ここ数日はそれが加速度的にエスカレートしている。

「凪子、雨だぞ？　やめておくか？」

「大丈夫だよ、小雨だし。中止ではないみたいだよ」

「だが、滑ったらどうする」

二月末。

ひっそり寒い、そんな季節——二月のなかばから、長崎市ではランタンフェスティバルが開催される。

「台湾《たいわん》とかのお祭りみたいだよね」

数週間前——観光ガイドブックを読んで、そんな感想を抱く。キャンプとかで使うランタンじゃなくて、紙と竹でできている、中華風のランタン（提灯《ちょうちん》）だ。

「旧暦の春節《お祝い》の祭りらしいからな」

康ちゃんが教えてくれて、納得。

要は旧暦のお正月のお祭り、みたいだ。だから毎年、開催時期もそれに合わせて前後する。龍の踊りや胡弓《こきゅう》の演奏なんかも披露《ひろう》されるらしくて、海外旅行気分にもなれそう！

「行ってみたい～」

ものすごく興味を惹かれてて、とはいえ康ちゃんの仕事の関係もあって……やっと来れたのが、ランタンフェスティバルも最終日が近い今日なのでした。

ところが、朝からシトシトと雨が降っていて――でも「冬の雨」というよりは「春の雨」に近い気がする。気温も、晴れていた昨日よりよほどあったかいらしい。

寒いのは、寒いけれど……

「滑らないよ。ほら、レインシューズ履いてきたし」

「……ゆっくり歩くと約束してくれ」

「それは、うん、気をつけます」

私と康ちゃんは、市内の駐車場でそんな問答を繰り返していた。このヒトは、とにかく心配してる――つい最近、私の妊娠が判明したから。

「だいいちね、康ちゃん。雨の日に妊婦が歩けなかったら、仕事とかどうするの」

「……む」

「冷やさないし、こけないようにするから」

明るく笑うと、ようやく彼はほうと息を吐いた。よほど心配しているみたい。ちょっとウザくて、割と嬉しい。

傘をさして、ふたり、歩く。

少し大きめのビニール傘を康ちゃんが買ってきて、私との相合い傘。

「……康ちゃん、肩、濡れてるよ？　私、余裕ある」

康ちゃんはちらりと私を見たけれど、言外に却下されたらしい。そういうときは言うこと聞かないので、ほっとく。風邪はひかないで欲しいなぁ。

「見えてきたぞ」

康ちゃんが唐突に言うから、何事かとぱっ、と顔を上げると……

「……わ、あ」

眼鏡橋《めがねばし》、と呼ばれている観光名所にもなっている石橋、その川岸から川岸へと中華風の黄色い提灯《ちょうちん》が無数にぶら下げられ、あたりを照らし出していた。

洋風の黄色ではなく、アジア的な山吹色《やまぶきいろ》。

それが流れ行く水面にぼんやりと浮かび、風でちらちらと揺れた。

「綺麗！」

「だなぁ」

康ちゃんもボケーっとそう答える。

しばらく川岸の柵に近づいて、ぼんやり灯りを眺めていた。

雨だけれど、やっぱり人も多い。観光客だけじゃなくて、地元の人もたくさんいるみたいだ――なんてことを考えていたら、ふ、と視線に気が付く。

「……なぁに？」

「いや」

いつの間にやら私をジッと見つめていた康ちゃんは、何事もなかったかのように目線を川面に移した。

それから、雨に濡れる石畳の上をゆっくりと歩きながら、メイン会場のひとつになっている公園へ向かう。

道中にもたくさんのランタンが灯され、その灯《ともしび》が雨に濡れた道や窓ガラスに反射して、ちらちらと散った。

「……わ」

雨で良かった、と少し思った。ぼんやりと浮かび上がる、幻想的な世界。頭の上も足の下も、きらきらしく光る花のような灯りに囲まれて、まるで身体が浮いているかのような感覚さえ覚える。

やがて、公園にたどり着いた。大きなテントが張られていて、その下にたくさんの中華提灯《ランタン》が展示されている。

「し、色彩の暴力」

傘を閉じた康ちゃんと、たくさんの人に混じってランタンとランタンの間を歩く。新春を寿《ことほ》ぐ極彩色の提灯《ランタン》たちは、ぼんやり、しかしくっきりと明るく輝いている。

「……っ、あ、パンダ！」

私はたくさんの人がスマホを向けている、ランタンでできたパンダの置物を見上げた。極彩色で彩られた白黒のパンダは、可愛らしく明るく光っている。

「撮ろう」

康ちゃんはさっさとスマホをスライドしてカメラを起動させている。私はピースサインでそれに写って——ふ、と誰かに話しかけられた。

「撮りましょうか？」

にこにこ、と声をかけてくれたのは、観光客らしき中年の女性ふたり組。代わりにわたしたちも撮ってもらえますか、と言われて笑って頷《うなず》く。先に私と康ちゃん、そのあとに女性ふたりを彼女たちのスマホで撮って、手を振って別れる。

康ちゃんが珍しく、スマホの画面を見て立ち止まる。

「ん？　どうしたの」

「いや」

彼は、私の旦那さんは、優しく優しく、頬を緩めた。

「家族写真だな、と——そう、思って」

私はほんの一瞬、息を呑んだ。そっか、これ……家族写真、なの、か。

康ちゃんと私と、お腹の——赤ちゃん。彼を見上げる。愛おしいと、その目が言ってる。

私のことが、お腹の赤ちゃんが。

（……あ）

胸が、きゅうんと痛む。切なくて、苦しくて。

「凪子」

優しく、康ちゃんが私の名前を呼んで。

私は頭がくらくら、した。

（康ちゃん――）

私は、酷い人なのかもしれない。

ちゃんと言わずに、ただ彼からの愛情に包まれて。

（でも、康ちゃん、康ちゃん――）

もう少し、甘えたいの。ワガママなのはわかってる。

この感情。

この感情の名前、を……

いろんな感情を、私に初《はじ》めてくれたあなただから。

（私は――）

康ちゃんが私から目を離す。スマホを見たその一瞬に、私はそうっと人混みに紛れ込んだ。

（だめだ、混乱してる……）

子供じゃないのに、はじめての感情だらけでわけがわからない。

幸せすぎて切ない。

苦しい。

ほろりと視界が滲《にじ》んで、ランタンの灯《ともしび》が解けて揺れた。

「凪子」

見つけた、と聞きなれた声。康ちゃんが私の手を引く。

このヒトはどこにいたって、すぐに私を見つける。私はボケーっとしてるから、すぐ迷子になってしまうから。私自身も、私の――感情も。

小さい頃から、何度だって――

（そうだ）

思い出した。

小さい頃……蝶々を探して迷子になったのは、私。

見つけてくれたのが、康ちゃん。

一緒に怒られてくれたのも、康ちゃん。

手を繋いで、帰ったね。

「……っ、凪子？」

二十センチ以上高いところから、康ちゃんの戸惑った声。

ゆるゆると見上げる。

強面《コワモテ》だし、やたらとデカいし、なんかごついし、……なのに私がちょっとウルウルしてるくらいで、康ちゃんは世界の終わりみたいに憔悴《しょうすい》してしまう。

オロオロしてる彼を見て、思わず噴き出して、笑う。

ああもう——このヒトは、本当に私が好きで仕方ないっぽいなぁ！

「……悩んでるのが、バカらしくなっちゃった」

「どうした、悩みなんて」

康ちゃんがびっくりしてる。

私はきゅう、と彼に抱きついた。

ランタンの極彩色。テントにあたる雨粒のさあさあという静かな音と、あたりの人のざわめき。

「ねぇ康ちゃん」

私は抱きついたまま、康ちゃんを見上げた。

康ちゃんの手を取る。心臓がとっとっと、ってなってるあたりに、そのおっきな手を当てて、私は首を傾《かし》げた。

「どきどきしてるの」

「……」

康ちゃんはどこか神妙に、私を見下ろしている。その向こうに、ランタンの灯りが丸くきらきらと――

「康ちゃん、康ちゃんに教えて欲しいの」

すう、と息を吸った。

あたりのざわめきが、少しだけ遠くなる。

心臓は相変わらずとっとっとっ、とほんの少し、速い。

ゆっくりと、微笑《ほほえ》んだ。

そうして、ずっと知りたかった言葉を、唇に乗せる。

教えて。

あなたに教えて欲しい。

はじめての感情をくれた、あなただから――

ねえ、教えてね。

ちらり、とランタンの灯りがまた、滲《にじ》んで揺れた。

「もしかして、これって……恋ですか？」

書き下ろし番外編

幸福（康平視点）

予想できていたことではあるけれど、凪子の興味関心は産まれて一ヶ月の娘・希《のぞみ》に百パーセント注がれているようだった。

「凪子」

「のんちゃーん。可愛いね、んー。ほっぺたぷくぷく〜」

「凪子」

「可愛い可愛い、あーほんと産んで良かっ……あれ、康ちゃん！　もう着いたんだ、長旅おつかれさまあ」

二週間ぶりだというのに、希を抱っこした凪子はさっき会ったばかりのような顔をして俺に手を振る。

出産のため里帰りしていた凪子の、横浜市内の実家。俺の実家から徒歩十秒のそこに俺が訪れるのは、希が産まれてからこれで二度目だった。一度目は産まれて二週間の頃。本当ならば産まれてすぐ……いや、それどころか立ち合いだってしたいところだったけれど、残念ながら無事出産との知らせを聞いたのは太平洋の上、艦《フネ》の甲板《かんぱん》でのことだった。

そして待ちに待った今日——一ヶ月検診が終わったふたりを、俺は佐世保へと連れ帰るために幼少期から慣れ親しんだこの家を訪れた。今日は泊まらせてもらい、明日の飛行機で長崎へと向かう予定だ。

リビングのソファに座る凪子の腕の中でスヤスヤ眠っているのは、最愛の妻と瓜ふたつの天使のような娘。

「はい、娘だよ！　可愛いでしょう」

「可愛い」

俺は凪子の横に座り、希の顔を覗《のぞ》き込む。頬をそっとつつくと、なんとも言えない滑らかな柔らかさがあった。愛おしさで心臓が締め付けられる。そんな俺を見て、凪子が小さく笑った。

ちょっと泣きそうになる。

過去の、悲しいくらいにひとり凪子を想っていた俺に教えてやりたい。心配しなくてもお前は将来、世界一の幸せ者になれるって……

スヤスヤ眠る希を受け取り抱っこする。軽いのに、重く感じた。

「でかくなったな」

「二週間で全然違うよね？」

すっと希を覗《のぞ》き込んだ凪子の頬が、俺の肩に当たる。凪子の匂いがした。それだけで、初恋の中学生みたいにドキドキとしてしまう。子供を産もうと産むまいと、凪子は俺にとって最愛で、崇高《すうこう》で、永遠の初恋だ。死ぬまで俺はきっとこうだろう。

凪子にとって俺はどうなんだろう。

もう単純な恋愛感情はないのかもしれない。「恋」ではなくなったのかも。求められる役割は、きっと夫から父親へと移行している。

産後の妻への気遣いが今後の夫婦関係に直結すると小耳に挟んでいた俺は、何がなんでも「よき父親」をアピールしようと張り切っていた。すでに子供がいる兄と弟を始め、友人知人に育児本、ネットととにかくありとあらゆる情報を集め、シミュレーションを何度もこなしてきた。

……きたのだけれど。

「もー、康ちゃん。肌着裏表だよ」

希を沐浴《もくよく》させたあと、暗記した手順通りに保湿して服を着せているところで、凪子に声をかけられる。

「裏表？」

言ってから気が付く。そうか、赤ん坊の肌着のタグは外側なのか……！　痛かったり痒《かゆ》かったりしないように。

慌てて着せ直す。そのあともオムツの着け方が緩かったりギャザーを立てていなかったり（漏れてしまった）、うまくゲップさせられなくてミルクを吐き戻しさせてしまったり、と……ことごとく失敗ばかり。

「のんちゃん、よく吐くから仕方ないよ」

凪子が希の服を着替えさせながら言う。

「けれど、せっかくお腹いっぱい飲んだところだったのに」

俺の手からミルクをごくごくと飲む希は、すごく可愛かった。半分飲み終わったあたりで、満足そうに頬を真っ赤にして寝かかって、けれど口と喉は一生懸命に動かし続けるところも本当に可愛くて……

凹んでいると、お義母《かあ》さんに肩を叩かれフォローされた。凪子だって全然怒ってないし相変わらずへにゃりと笑っている。

「康ちゃんも苦手なことあるんだねえ。初めからなんでもできちゃう人だと思ってたよ」

希を抱っこして微笑む凪子は立派に「母親」で。

産む前は『私なんかちゃんとお母さんできるのかな』と不安がっていたのが嘘みたいだ。励ましていた俺の方が全然「父親」できていない。

「……まさか。教えてくれ、先輩」

「ふふん、いいよ」

凪子がちょっと得意そうで安心した。俺は少しばかり、気張りすぎていたのかもしれない。


翌日、長崎までの機内。離陸してすぐ盛大に泣き出した希を必死に夫婦であやしつつ、周りに頭を下げる。幸いにも隣の老夫婦が「赤ちゃんの声を聞くと若返る」と喜んでくれたのと、水平飛行に入るとすぐに泣き止んでくれたのとでホッと胸を撫で下ろす。

「気圧の変化が嫌だったのかもな」

しれっとした顔であたりをキョロキョロ見回している希の細くて柔らかい髪を撫でて呟く。

それ以降、希はとてもおとなしかった。時折、口から可愛らしい赤い舌をぺろぺろさせていたのが不思議だったけれど……

「お腹空いてるわけでもなさそうだし、なんだろね?」

凪子も首を傾《かし》げていたその理由は、飛行機を降り、一泊させておいた車に乗り込んでからわかった。盛大なゲップと一緒に吐いたから――酔っていたらしい。

「わあ、ごめんねのんちゃん、気が付かなかった……!」

凪子が大慌てで大判のガーゼタオルで希を拭いて、俺も車内を掃除した。お尻拭きでさらに希を綺麗にして、着替えさせていざ出発……しようとして四苦八苦した。

「小さすぎてベビーシートに合わないんじゃない？　ぶかぶか？」

「新生児から乗せられるものだから、そんなことは……」

「えー、康ちゃん、ベルトそんなに締めて大丈夫？」

「けど、緩くても危ないだろ」

言い合う両親を前に、希だけは他人事《ひとごと》のように黒目がちの綺麗な目を瞬かせていた。

それにしても、まさか車に乗せるだけで三十分もかかるとは。

とにもかくにも、なんとか車を発進させて――わずか十分後。

「康ちゃん？」

「なんだ？」

「のんちゃん、うんちしたっぽい」

「わかった。どこか停まれるところに……」

「ありがと。ていうかね、漏らしてるかも」

「……！」

慌てて停車できるところを探して、また着替えさせる。道中も急に泣き出したりベビーシートが嫌になったのか乗りたがらずぐずったりを繰り返しつつ、なんとかマンションに着いた頃には二人揃って疲労困憊《ひろうこんぱい》になっていた。

「着替えなんか何枚あっても足りないな……」

道行く子連れがみな大荷物な理由が明確にわかった。

「でも、あれだね」

凪子が穏やかに笑う。

「赤ちゃんがお家にいるのって、なんか、いいね」

そう言って、ベビーベッドに希をそっと寝かせた。結局スヤスヤ眠っていた希は、一瞬目を覚ましたあと、すぐにまた眠る。

「のんちゃんも疲れたかな？」

「疲れただろう。希、おつかれさま」

ふたりでベビーベッドを覗《のぞ》き込んで、しばらく希を眺めた。それからもう眠っているのにメリーを回してみたり、どう見ても同じ寝顔なのに何枚も写真を撮ったりもしてみる。

「いいな」

「なにが？」

「家に赤ん坊がいるの」

ふふ、と凪子が笑う。

「それ、さっき私が言ったの」

うん、と答える声がくぐもる。頬を温かな液体が零れ落ちていっていて。

「康ちゃん、泣いてるの」

凪子がびっくりした声で言って、俺の頬に手を伸ばす。

「どうしたの」

「わからん」

胸がぎゅーっと痛い。幸せすぎて苦しい。

凪子が俺を抱きしめてくれる。俺も彼女を抱きしめて、ただ「ありがとう」を繰り返す。

「凪子、ありがとう。希を産んでくれて、俺の傍にいてくれて――いや、産まれてくれてありがとう」

そう言っている間にも、ぼたぼた涙は流れていく。

「康ちゃんは相変わらず大袈裟《おおげさ》だなあ！」

凪子は柔らかく笑い、それから俺の首筋に鼻の頭を寄せた。

「……康ちゃんだ」

「凪子？」

「あのね、康ちゃん。大好き」

思ってもなかった言葉に、抱きしめたまま目を瞠《みは》る。

「ありがとうはこっちのほう。希に会わせてくれてありがとう。ずっと好きでいてくれてありがとう。これからも」

ひと呼吸挟んでから、凪子はそっと、凪いだ海のような声で続けた。

「これからも、私に恋しててくれますか？」

思わずばっと身体を離し、凪子の顔を見つめる。愛おしい凪子が穏やかに笑い、俺の涙を拭ってくれた。

たまらなくなって抱きしめなおし、「当たり前だ」と耳元で掠《かす》れた声を絞り出す。

「当然のことだ——愛してる。これからも恋をしてていいのか？」

「ん？ してくれると、とっても嬉しいけど。私も康ちゃんに恋してるし」

そんな死にそうなくらい嬉しい言葉を言ったあと、凪子は続ける。

「会いたかったよ、康ちゃん」

「……本当に？」

思わず聞き返すと、少しムッとして凪子は俺を見上げた。

「当たり前じゃん！」

「いや、悪い。昨日結構ドライだったから……」

「あー、希といると時間一瞬で溶けていっちゃって、時間感覚狂うかも。でも、会いたかったのは本当」

ごめんね、と凪子は言う。

「大好き。大好きだよ、康ちゃん」

「凪子」

自然に唇が重なった。ゆっくりとキスが深くなっていく。凪子の可愛い歯列、柔らかな内頬、少し小さめな舌を甘噛みすれば抵抗もなく誘い出すことができた。お互いの吐息が混じり合う。それはだんだんと激しさを増す。ふたりで舌を絡め、ざらざらとぬらぬらと擦り合わせ、お互いのそれを貪《むさぼ》ったあたりで……視線に気がつく。

「あ」

「わあ」

慌てて唇を離す。じっ、と見つめてくるのは希のとても綺麗な瞳。

「の、のんちゃん起きてたの」

凪子が言うと、希は「あー」とも「くう」ともいえない可愛い声を上げたあと、またその目を閉じてスヤスヤと眠り始める。

ふたり揃って噴き出した。

「もうあれだね、家の中だって簡単にはいちゃつけないね」

「そうだな」

答えながら、凪子の額《ひたい》にキスを落とす。

胸の中は心臓が壊れそうなくらいの幸福でいっぱい。

そっと指を絡め、しっかりと手を繋いだ。

勤め先が倒産した日に、長年付き合った恋人にもフラれた凪子《なぎこ》。これから人生どうしたものか……と思案していたところ、幼馴染の鮫川《さめかわ》康平《こうへい》と数年ぶりに再会する。そして近況を話しているうちに、なぜか突然プロポーズされて!? 勢いで決まった(はずの)結婚だけれど、旦那様は不器用ながら甘く優しく、とことん妻一筋。おまけに職業柄、日々鍛錬を欠かさないものだからその愛情表現は精力絶倫で、寝ても覚めても止まらない! 胸キュン必須の新婚ストーリー♡

B6判 定価:704円(10%税込) ISBN 978-4-434-31630-2

須賀川美保《すかがわみほ》、二十六歳、結婚適齢期。親の薦めでお見合いした相手は、コワモテで無愛想な警察官僚の鮫川修平《さめかわしゅうへい》さん。とんとん拍子に話は進んで夫婦になったものの、旦那様は寡黙で何を考えているのかいまいちよくわからない。でも、体は口ほどに物を言う(?)のか、絶倫な彼の愛情表現は止まらなくて——!?

B6判　定価：704円（10%税込）　ISBN 978-4-434-31148-2

本書は、2021年5月当社より単行本として刊行されたものに、書き下ろしを加えて文庫化したものです。


この作品に対する皆様のご意見・ご感想をお待ちしております。

おハガキ・お手紙は以下の宛先にお送りください。

【宛先】

〒150-6008 東京都渋谷区恵比寿4-20-3 恵比寿ガーデンプレイスタワー 8F
（株）アルファポリス　書籍感想係

メールフォームでのご意見・ご感想は右のＱＲコードから、
あるいは以下のワードで検索をかけてください。

アルファポリス　書籍の感想　検索

ご感想はこちらから

エタニティ文庫

エリート自衛官《じえいかん》に溺愛《できあい》されてる…らしいです？
～もしかして、これって恋《こい》ですか？～

にしのムラサキ

2023年3月15日初版発行

文庫編集－熊澤菜々子
編集長 －倉持真理
発行者 －梶本雄介
発行所 －株式会社アルファポリス
　〒150-6008 東京都渋谷区恵比寿4-20-3 恵比寿ガーデンプレイスタワー8F
　TEL 03-6277-1601（営業）　03-6277-1602（編集）
　URL https://www.alphapolis.co.jp/
発売元－株式会社星雲社（共同出版社・流通責任出版社）
　〒112-0005 東京都文京区水道1-3-30
　TEL 03-3868-3275
装丁イラスト－炎かりよ
装丁デザイン－ansyyqdesign
印刷－中央精版印刷株式会社

価格はカバーに表示されてあります。

落丁乱丁の場合はアルファポリスまでご連絡ください。

送料は小社負担でお取り替えします。


ISBN978-4-434-31723-1 C0193